セトス・ミラドルト
婚約者に
爵令息。
た彼女を
いる。

俺の天使は盲目でひきこもり
閉じ込められた人形少女のほほえみが愛おしすぎる！

イリーナ
アンジェの侍女。
ディスカトリー伯爵家で
唯一味方をしていた。
ティアリス・ミラドルト
セトスの妹。天真爛漫で、
アンジェによく懐いている。
アンジェ・
ディスカトリー
生まれたときから盲目の
伯爵令嬢。屋敷にずっと
閉じ込められていた。

俺の天使は盲目でひきこもり

閉じ込められた人形少女のほほえみが愛おしすぎる！

【著】ことりとりとん　【絵】こよいみつき

一迅社ノベルス

Contents

一章　盲目の天使　4
幕間　アンジェのひとりごと　40
幕間　侍女の想い　42
二章　つれて帰って？　46
三章　ようこそわが家へ　71

Ore no tenshi ha moumoku de hikikomori

四章　彼女に求めること　131

五章　支えあえる　151

六章　はじめての一歩　174

七章　冬から春へ　202

終章　一緒にお出かけ　258

書き下ろし番外編　ある春の日　282

あとがき　303

一章　盲目の天使

俺《おれ》——セトス・ミラドルトは、カルナッテ王国南東部の海沿いを領地に持つミラドルト伯爵家に生まれた。兄と妹のいる次男で比較的自由にさせてもらっている、至って普通の男だ。

だが、今、人生最大のピンチに陥《おちい》っている。原因は目の前にいるわがまま婚約者、メラトーニ家のリリトアだ。

彼女はいわゆる政略結婚で俺に与えられた婚約者で、レンガ色の髪と漆黒《しっこく》のつり目が印象的な、見た目通りにキツイ女だ。割と美人ではあるがそれを鼻にかけていて、母譲りの茶髪と茶色の目に平凡な顔つきの俺のことは、前から気に入っていなかった。

「私、公爵家のメロディアス様と婚約したいからあなたとは別れるわ」

俺は十九歳、リリトアも十八歳だ。互いに家の決めた婚約者だし、もう婚約者を替えることなど許されない年齢までできているのに……。

こいつは何を言っている？

「私から破棄すると評判が下がるから、あなたから申し出たことにするから！」

そう言い捨てて去っていく元婚約者の、翻《ひるがえ》る紅《あか》いドレスの裾を黙って見送ることしかできない。

……俺、なんか悪いことしたか？

その後、双方の家同士の話し合いにより婚約は解消された。リリトアの家の方が少し力が強かったことや、俺に代わりの婚約者を紹介することなど、条件を様々つけて。そもそも、最近のリリトアの振る舞いは目に余る部分が多かったために、厳格を絵に描いたような父上は婚約を考え直すべきかと思っていたらしい。

いろいろあったが両家の当主が話し合った結果、リリトアの代わりに、アンジェという十七歳の令嬢が婚約者として宛《あ》てがわれた。会ったこともないのに婚約するというのは貴族ではよくあることだし、それ自体は別に構わない。しかし、次に俺の婚約者となる相手はディスカトリー伯爵家次女ということだが、俺は存在すら知らなかった。ディスカトリー家はほぼ同じ格の家だし、十七歳ならさすがに社交界デビューしているはずだが、なぜだ？

まあ俺自身、リリトアのわがままに辟易《へきえき》していたし、代わりに紹介するのがとても悪い人ということもないだろう。多分。

何はともあれ会わないと話は進まないから、俺は指定された日時にディスカトリー家を訪れた。王国西部の穀倉地帯を有する伯爵家に相応《ふさわ》しく、屋敷は我が家と同じくらいに立派だし、赤レンガに這《は》わされた蔦《つた》もよく手入れされている。ディスカトリー伯は社交的で野心家だから、見栄《みば》えにはかなり気を使っているのだろう。

そう思っていたにもかかわらず、出迎えは執事一人だけだ。ロマンスグレーという言葉がぴったりくるような片眼鏡《めがね》の老紳士で、長くこの家に仕えているのだろうとは思うが。次女の婚約者が初めて訪れたのに、家人が誰《だれ》もいないのはなぜだ？　当主とまではいかずとも、次期当主辺りが出てくるのが当然だろう。ディスカトリー伯はそこまで常識のない人ではないが……。

考え事をしている間にも、どんどん屋敷の奥へと案内される。長く豪奢《ごうしゃ》な廊下を通り、ようやくたどり着いたのは位置的におそらくアンジェ嬢の私室であろう部屋。

いくら婚約者でも、初対面の男を私室に入れるか普通!?

執事は軽くノックをすると、返事も待たずにドアを開けた。

薄暗い部屋で何もせずただ座っている蝋人形《ろうにんぎょう》のような少女、それがアンジェだった。栗《くり》色のウェーブのかかった美しい髪は少しパサついていていて、青白い肌と相まって人形のようだった。目は閉じられていて、まるで眠っているかのよう。

「アンジェお嬢様は生まれつき目が見えませんので、いつもこのように過ごしておられます。ではごゆっくり」

こちらの返事も聞かずさっさと下がってしまう執事。どうごゆっくりしろと？　滑らかな動きで茶を淹《い》れてくれる侍女を横目に見ながら、とりあえずアンジェに話しかけてみる。

「初めまして、アンジェ嬢。俺はセトス・ミラドルトです。聞いているとは思いますがこの度あなたと婚約しました。今後ともよろしくお願いします」

それに対してアンジェは軽く頷《うなず》くだけ。十七歳と聞いていたがかなり幼く、十三歳くらいにしか見えない。

「いつもこの部屋にいるんですか？」

軽く雑談を振ってみるも、返ってくるのは微《かす》かな頷きだけ。ほとんど動かないし、コミュニケーション取れなさすぎだなぁ……。

アンジェに聞いてもどうにもならなさそうだから、茶を出してくれた侍女に聞いてみる。目は灰色がかった青で、薄めの茶色の髪をきっちりと結わえてあり、清潔感がある。おそらく日々の世話はこの侍女がしているのだろう。

「アンジェはいつも何をしているんだ？」

「いつもこのように過ごしていらっしゃいます」

それは回答になっているとは言えないだろう。

「このように、とは？」

「じっと座って、何かを考えていらっしゃいます。目が見えないために、歩くこともできませんので」

それを聞いてアンジェがとても可哀想《かわいそう》になった。一日中この部屋で座っているだけ。しかも見えないからか、見回してみてもこの部屋には物がとても少ない。方角的にあまり光も入らないから薄暗い上、女の子の部屋だとは思えないほどシンプルな内装。綺麗《きれい》に掃除はされているが、誰も住んでいないのではと思うほど殺風景な部屋に、一人きりでなにもできずに座っている。

どうにかしてあげたいとは思うものの、今すぐ何かできるわけでもなく、ただ美味《おい》しいお茶を一杯飲んだだけで帰ってきてしまった。

アンジェが可哀想だと思っても、何をしてやれば良いか分からない。俺の知っている女性はリリトアだけだが、タイプが違いすぎるから、リリトアと同じことをしてあげてもアンジェが喜ぶとは思えない。かといってしがない文官でしかない俺に、女心は分からなくて。グダグダと考え事をしているうちに、馬車が家に着いた。

「セトスお兄様、婚約者様はどんな方でしたか？」

父上に似た金色のストレートヘアを靡《なび》かせて、妹のティアリスが駆け寄ってきた。勝気なリリトアのことは敬遠していたが、穏やかな兄嫁にはよく懐《なつ》いているので、俺の新しい婚約者がどんな人物なのか気になるのだろう。

「ちょっと気難しそうだけど、いい子だったよ」

ふと、いいことを思いついた。アンジェはティアリスと年齢も雰囲気も近いし、何が欲しいか聞けばいいか。

「ティア、もし今何かプレゼントをもらうとしたら何がいい？」

「えっ、お兄様が何かくれるの⁉」

「いやぁ、アンジェに何をあげればいいか分からなくてな……」

妹に頼るのは少々情けない気もするが、分かる相手に聞く姿勢は大切だろう。

「婚約者様、アンジェ様とおっしゃるのね！　うーん……私だったらお人形さんとかかなぁ？」

人形か。確かに女の子が好きそうな物ではあるが、飾っても見えないからダメかな……。いや、ぬいぐるみにして、触って分かるような、ふわふわした肌触りの良いものにすればいいか！

「ありがとう。買いに行ってくる」

「お兄様のお役に立てて何よりです。私にも何か買ってきてね！」

……余計な出費が増えたが、情報料だと思おう。

ティアリスがよく行くという雑貨屋を教えてもらい、すぐに向かう。ティアリス御用達《ごようたし》というだけあって貴族のお嬢様向けの品の良い店で、俺が一人で入るのは少し躊躇《ため》らってしまった。しかし店内は落ち着いた雰囲気で、予想していたよりも居心地が良い。所狭しと商品が並べられているのはいかにも女性向けといった具合だが、女性に贈るプレゼントにお勧めの商品も多いので、男が買いに来ることもある程度想定されていそうだった。

そこでいろいろと見比べた結果、ひとかかえもある大きなクマのぬいぐるみを買ってみたが、アンジェは気に入ってくれるだろうか。彼女へのプレゼントに気を取られすぎて忘れそうだったが、ティアリスにもお礼として手のひらサイズのうさぎの人形を買う。

兄上や父上の領地経営を補助する文官として働いている俺には五日に一度休みがあるのだが、次の休みにアンジェの元を訪れるのが少し楽しみになった。

＊

待ちに待った休みの日。晴天の下、こげ茶色の大きなクマを抱えてアンジェに会いに行く。

前回と同じ執事に迎えられて通されたのはまたアンジェの私室で、彼女は前回会った時と全《まった》く同じように座っていた。

「アンジェ嬢、お久しぶり。セトスです」

目が見えない彼女は誰が来たのかも分からないだろうと思い、軽く自己紹介をする。

「プレゼントを持ってきたよ。気に入ってくれるかな？」

そっと彼女の膝の上にクマをのせてみると、こわごわと手を伸ばしぬいぐるみに触れ、小さな手がクマのぬいぐるみの表面を滑る。

「ぬいぐるみだから、少し強く触っても大丈夫だよ」

そう言ってあげると、クマの腕部分をぎゅっと握る。しばらくクマをニギニギと触り続けていて、その様子は小さな子供みたいでとても可愛《かわい》かった。

「気に入ってもらえたみたいでよかったです」

そう言うと彼女はそっと顔を上げ俺の方を向く。

「……………ありがとう……ございます」

蝋のような頬《ほお》を少し赤らめてそういうアンジェはとても可愛くて、妹にするようにポンポンと頭を撫《な》でた。途端に身体《からだ》をビクつかせるアンジェ。よく考えれば彼女は目が見えないわけで、今俺がしたことは、何かが頭に当たったとしか感じられない。

「ごめん。よく考えずに触ってしまった」

「………だいじょうぶ、です」

お許しをもらえたみたいだしもう少しだけ触ってもいいかな？　そっと髪を撫でても今度はビクつかなかった。俺はアンジェの髪を撫で、アンジェはぬいぐるみを撫でる、不思議に心地の良い時間を過ごしたのだった。

＊

アンジェにクマのぬいぐるみをプレゼントしてから数日後。アンジェについて調べさせていたのがまとまって報告された。それを見るに、どうもアンジェは伯爵家の中で、ほとんどいないも同然の扱いを受けているらしいということが分かった。

アンジェには兄が二人、姉が一人いて、俺がディスカトリー伯爵令嬢、と言われてイメージするのはこの姉の方だ。生まれつき目が見えないために、自由に歩くこともできずに屋敷の一室に閉じこもっていて、アンジェの両親であるディスカトリー伯爵夫妻もどうしていいか分からないようだ。

そこへ俺が婚約を申し込んだものだから、これ幸いと押し付けてきたらしい。

普通の神経であればこんな不当な婚約、即座に破棄すると思うが、俺としてはもう少しアンジェと仲良くなりたいと思っている。あの薄暗い部屋で一日中ずっと座っているしかないアンジェが可哀想だと思ったし、クマのぬいぐるみをあげただけで青白い頬を上気させ、たどたどしく礼を言う姿は本当に可愛かったから。

むしろ、この報告を聞いて、話が違う、メラトーニに騙《だま》された、と激怒した父上を宥《なだ》める方が大変だった。リリトアですら気に入っていなかったのに、それを向こうから断られた上、身体に不自由を持つ相手を紹介するなんて、と。

その言い分自体は貴族として真っ当なものかもしれないが、俺はアンジェのことが気になるから、と必死に押しとどめた。

父上の怒りはほんの少し収まったようなので、次の休日へむけて、何を持っていくか考えないと。

プレゼントをこんなにワクワクした気持ちで選んだのは初めてだ。リリトアは俺が考えなくても欲しいものはたくさんねだってきたからな。

アンジェは日中何もすることがないようだった。クマのぬいぐるみを抱きしめるにしても、一日中していられることでもない。

目が見えなくてもできることで、アンジェの楽しみになるようなこと……。本を持っていってみようか。もちろん自分で読むことはできないけれど、俺か侍女が読み、それを聞くだけでも楽しいのではないだろうか？　座って何を考えているのかはわからないが、様々な物語を教えてあげれば考えることにも幅ができるだろう。

さっそく本を買いに行こう。家の者には俺自らが買いに行く必要はないと言われたが、これは俺がやりたくてやっている、俺の楽しみなのだ！

アンジェへのプレゼントを選ぶのは誰にも譲らないぜ!!

変なハイテンションで貴族向けの書店へ行き、女性店員に聞きながら女の子が喜びそうな童話や流《は》行《や》りの恋愛物語を何冊か買った。ああ、本当に次の休みが楽しみだ！！！！

＊

待ちに待った休日。俺はギリギリ迷惑にならない程度に朝早くからアンジェの元へ向かった。

いつものように執事に案内されて部屋へと入ったが、前と同じように座っているかと思いきや、今日は違った。椅子《いす》の配置も角度も全く同じだが、アンジェの腕の中に、俺が贈ったクマのぬいぐるみが抱きしめられていた。

ヤバい、可愛い……！

眠っているかのように閉じられた瞳《ひとみ》と、朝日に照らされた栗色の髪は天使かと思うほどに可愛らしい。初めて会った時には少しパサついているように見えた髪も、今日は美しく整えられていてより一層可愛さが増している。

ああ、ダメだ、落ち着かないと。アンジェを怖がらせてしまうかもしれない。

「おはよう、セトスです。そのぬいぐるみ、気に入ってもらえたみたいでよかった」

軽く頷くアンジェ。話すことに不自由があるとは聞いていないが、長く閉じこもっているせいで話すのが億劫《おっくう》になっているのかな。

「今日は、本を持って来ました。物語を読んでもらったことはある？」

コテンと首を傾《かし》げるアンジェ。淡い栗色の髪がふわりと揺れる。

「じゃあ、童話から読んでみようか。知っている物語もあるかもしれないけどね」

とりあえず、王道で誰でも知っているような童話を読んでみる。ちなみに絵本にする意味はないから童話集のような活字の本を買った。誰もが知っているほど有名でたいして変わったところもない童話を、アンジェは少し身を乗り出すようにして聞いていた。子供向けの話で長くもないから、すぐに読み終わる。

「……もう一回」

ねだられるままにもう一度最初から読む。何度も何度も。アンジェが満足そうだからいいけれど、少しだけディスカトリー伯爵夫妻にイラつきを覚える。こんなに可愛い娘に読み聞かせもせずに放っておくなんて……。その分、俺がアンジェを可愛がってやればいいか。

同じ物語を何度も繰り返し読んで、アンジェがある程度満足した頃には昼を過ぎていた。

「もうこんな時間だね。昼ごはんは何を食べる？」

軽い気持ちでアンジェにそう問うと、軽く首を傾げられた。

「ん？　昼ごはん、食べないのか？」

「失礼ながら、口を挟むことをお許しください。お嬢様はほとんど動かれませんので、お昼は召し上がりません」

アンジェの代わりに、壁際に待機している侍女が答えた。本来なら不躾《ぶしつけ》だと言われるが、このままでは話が進まないと判断してくれたのだろう。

「そうか。でも甘いお菓子なんかはアンジェも好きだろう？」

首を捻《ひね》るアンジェ。

「もしかして、食べたことない？」

まだ首は傾いたまま。

「本当か。それなら、その辺りの店で何か買ってくるよ。ちょっと待っていてくれるか？」

頷いて、それから真一文字のくちびるがほんの少しだけ弧を描いた。これは、笑顔と解釈してもいいんだろうか？　とにかく、期待してもらえているみたいだし、急いで買いに行こう。

屋敷近くのパン屋に行くと、使用人ではなく身なりのいい男が一人で買いにきたことに少し驚いた様子だったけれど、そんなことは気にせずに白パンとあんずのジャム、紅茶味のクッキーを買って戻った。

「アンジェ、あんずのジャムのついたパンだよ。食べてみない？」

少し口を開けてこちらへ身を乗り出す姿は、親鳥にエサをもらう小鳥のよう。ゆっくりと咀嚼《そしゃく》して味わうと、ほんの少し口角を上げた。彼女のこわばった表情筋でできる精一杯の笑顔にとても嬉《うれ》しくなる。

アンジェは言葉で気持ちを伝えられないようだし、「目は口ほどにものを言う」というほど感情をあらわしやすい瞳も閉じられたままだ。それでも分かるくらいに全身で喜びを表現していた。

「………もう一回」

さきほどの読み聞かせの時のように、何度も繰り返しねだる。ただの白パンとあんずジャム、それも決して高いものではない。それなのにこんなに喜んでもらえて、とても嬉しい。

白パン一つをぺろりと食べきり、その後に差し出したクッキーも美味しそうに全て食べた。その様子を見ていた侍女はとても驚いた様子だった。

「お嬢様がこれだけたくさんお食べになるなんて……」

「いつもはどれくらい食べているんだ？」

「三口分ほどのパンとスープ、牛乳ですね。パン一つなんて、普段では食べられない量なので驚いています」

女の子が甘いもの好きだってことくらい、誰にでも分かりそうなものだが。

「でも、普段あまり食べていないなら、こんなにたくさん食べたらお腹《なか》を壊すかもしれないな。アンジェ、もしお腹が痛くなったとしても、それはパンが悪いわけじゃなくて食べすぎたのが原因だからな？　心配するなよ？」

こくん、と頷くアンジェ。

ああ、可愛すぎて家に連れて帰りたい。

パンを食べ終わってから、しばらくまた本を読んでいたが、お腹を壊すことはなさそうなので軽く運動してみることにした。

「歩けないのは不自由だろうし、午後は少し歩く練習をしてみないか？」

アンジェは小さく、本当に小さく首を縦に振った。

「したことないことをするのは怖いだろうからね。ゆっくり練習しよう」

「普段はどのくらい動けているんだ？」

侍女に軽く聞いてみる。

「ベッドから椅子へは、私が抱き上げて移動しておりますので、ご自分で立たれることはほとんどありません」

本当か。思っていたより動けないな。

「じゃあ、とりあえず立てるようになろうか」

だけど、俺たちは意識するまでもなくやっていることすらできないとなると……大変そうだな。

「一旦、ぬいぐるみを離しても大丈夫か？」

軽く声をかけてからぬいぐるみを取り上げる。

「…………ロッシュ……」

「ん？　ロッシュ？　ああ、クマの名前、ロッシュにしたんだね。大丈夫、ロッシュがいなくても俺が目の前に立ってるから」

アンジェの両手を取って、確認するように握ると、力は弱いものの握り返してくれて嬉しくなった。

「な？　俺がいるから大丈夫だ。足に力を入れて、立ってみてほしい。できるか？」

軽く頷いて、立とうとするが、長年使っていなかった足の筋肉は衰えてしまっているようでうまく立てなかった。

「アンジェ、立てないからといって焦《あせ》らなくていい。時間はたっぷりあるんだから、ゆっくり練習しような」

この子は目が見えないだけで様々なハンデを背負わされている。少しでも楽しく過ごせるようになるには、自分でできることを少しずつ増やしていくしかないだろう。

「一回、俺に掴《つか》まって立ってみようか。たぶん、椅子から立つ方が筋肉を使うと思う。立ってしまえばあんまりキツくないかもしれないよ」

また少し頷き、両手を俺に伸ばす。まるで抱っこをねだる幼子のようで、とんでもなく可愛かった。

「痛かったら、俺の体どこでもいいから叩《たた》いてくれ。こんなふうに他の人を立たせたことなんてないから、失敗するかもしれない」

アンジェの背中に手を回し、力を込めて抱き上げるようにして立たせる。彼女の身体は思っていたよりずっと軽くて、あまり苦労せずに抱き上げられた。弱い力ながらも必死に俺のシャツを握っているのがあまりにも可愛くてたまらない。小さいと思っていたが、立ってみると案外背は高かった。

俺の顎《あご》の辺りに頭のてっぺんがあって……ちょっといい匂いがする。いやいや、冷静になれ、俺。今はそういうことを考えている時じゃない。

「少し力を緩めるよ。なるべく頑張って立ってみて。俺はちゃんとアンジェの身体を支えてるから、不安にならなくても大丈夫だよ」

頭が少し縦に振られるのを肩の辺りに感じてから、支える手から力を抜いてみた。プルプルと震えながらも懸命に立っていようと頑張る彼女の限界が近くなる前に、そっとソファに座らせてあげる。

「大丈夫か？　どこも痛くない？」

ほんの少しだけ口角の上がった微笑《ほほえ》み、たぶんアンジェ的には満面の笑みを向けてくれる。軽く頭を撫でてやると、仔犬《こいぬ》が甘えるかのように俺の手に頭を擦《す》りつけてきた。

「大丈夫そうならもう一度するか？」

返事の代わりに俺のシャツを掴み、引き寄せられる。腰をかがめて近づくと、首に腕を巻きつけられた。彼女なりに頑張って立とうとしているらしい。残念ながら、立つには筋力が足りないみたいだが。少し力を入れて立たせてやると、さっきと違って首に腕を巻きつけているせいで、アンジェがより一層近く感じる。

…………緊張するな、俺。子供じゃないんだから。

「……立て、た」

珍しくアンジェが口を開いた。蕾《つぼみ》が綻《ほころ》ぶような笑顔と共に。

俺の補助ありとはいえ、自分が立てるなど思っていなかったんだろう。感動しているアンジェには悪いが、ほどほどのところで座らせる。足を痛めてはいけないからな。

「そうだな。アンジェは目が悪いだけで足はなんともないんだ。だから、毎日少しずつ訓練しよう。いつか、自由に歩けるようになるように」

「…………もう一回」

アンジェお得意の、もう一回だ。彼女の頼みは聞いてあげたいのだが、これ以上は身体の負担になってしまう。なにせ、幼少期以来ほとんど使っていない筋肉なのだから。

「一日に何度もしても効果はないよ。むしろ足を痛めてしまう。毎日少しずつ頑張ろう」

ああ、アンジェを家に連れて帰りたい。そうしたら毎日俺が一緒に練習できるのに。

この家では、大切にされているとは言い難《がた》いし、むしろ邪魔者扱いだ。それ自体は貴族家としては普通のことだし、家に対してなんの貢献もできないアンジェが幽閉まがいの扱いを受けていたことも、異常なことではない。でも、俺ならアンジェの目が見えないことなんて気にしないし、大切にするのに。婚約したのが遅かったとはいえ、アンジェの身体の事情もあるし、あと二年ほどは結婚できないだろう。

それまでは休みの日にこうして通うしかない。残念だが、仕方ないことだ。

アンジェの足が少し回復するのを待って、侍女にも訓練の仕方を教えておく。残念ながら俺は医者じゃないし、専門的なことは分からないけれど、スポーツと一緒だと思う。日々の積み重ねが大事なんだ。

そうやって楽しく練習してるとあっという間に夕方になってしまう。

「しばらく忙しくなるからあんまり来られなくなるかもしれないけれど、一人でも練習を頑張ってほしい。いつか一緒に遊びに行けるようになろうな」

「そと？」

「アンジェは外に行きたくない？」

「……わからないけど、行きたい、かも」

「なら、どんなものなのか知るためにも、歩く練習を頑張ろう」

ヤバい、帰りたくなさすぎる。

「バイバイ、また来るな」

軽くアンジェの髪を撫でてから、部屋を出る。出会った時と同じように、椅子に座っているアンジェ。でも、彼女自身は前とは違う。頬には少し赤みが差し、笑顔で見送ってくれる。

あの子が笑顔で応援してくれるなら、どんな仕事だって頑張れる気がした。恋人のために頑張ると言う友人を馬鹿にできない。しばらく会えないだろう彼女の姿を網膜に焼きつけてから、扉を閉じた。

次に会える日を楽しみにしつつ。

＊

その後の日々は、アンジェとの癒《いや》しの時間とは比べ物にならないくらいに忙しかった。収穫の秋は農民にとって一番忙しくも心躍る時期だが、役人にとってても忙しい季節だから。いずれ領地を経営する兄を支える地位に就《つ》くのだから、と日々業務に励んでいる俺にとっても同じ。

普段住んでいる王都にある屋敷ではなく生まれ育った領地へ帰り、地元の人々との久しぶりの再会を喜ぶ暇もなく仕事を始める。父上や兄上も領地へ来ており、いつも領地を守っている叔父上と共に働いている。

「ねぇ、セトス？　調子はどう？」

忙しい時期だというのにいつもと変わらないのんびりペースでそう聞いてくるのはアスセス兄上。

「兄上。そうですね、出来栄《できば》えはそれなり、といったところでしょうか」

「そうかぁ。それは良かったねぇ」

俺としては、民の暮らしが守れる程度に収穫があってそれに見合った税収がある、それが良いことだと思っている。だが兄上は、純粋に作物がよく実ったこと自体を喜べるような、そういう人なのだ。優しくておおらかで領民思いな人。

「父上が国と長年交渉して、ようやく予算を付けてもらえた開発工事のおかげでもあるでしょうね」

我がミラドルト領は、とにかく平地が少ない。山側を切り開いて畑や牧草地にする工事がようやく終わり、今年から運用が始まったのだ。

「新しい畑に、良い実り。いいことだねぇ」

「そうですね」

忙しいと言いつつもこんな雑談をしていられるのは、領地の特色のおかげだ。

海と山の間の細い平地しかないが、海からの恵みは非常に多く、一番盛んなのは農業ではなく海運貿易と漁業なのだ。両方とも一年を通してコンスタントに利益が出続けるから、農業系の領地と比べて繁忙期の忙しさは軽い。その分、一年中ずっと税収を計算し続けなければならないのが欠点だが。

貿易と漁業での利益を集計して中央に納める小麦の量に換算し、商人を通して魚を売って小麦に換える。そんな計算をするのが俺の主な仕事だ。

「父上は、ちゃんと王都へ行けるかなぁ」

「行けるでしょう。たぶん」

王都からそれなりに遠い我が領地から中央の領主会議に出るには、今日中に出発しておきたいところだが、まだ父上は屋敷に帰ってきていない。

「どこのお祭りに行ってるのかなぁ」

「きっと、誰かに捕まって酒を飲んでいるでしょうね」

父上は貴族らしく厳しい顔つきのがっしりした人で少し近寄りがたい雰囲気だが、中身はとても領民想いで人情深い。それを皆分かっているから、収穫期の祭りとなれば引っ張りだこなのだ。

秋も深まるこの季節になれば、どこの村も祭りをやっているだろう。だが、刈り取りが終われば仕事から解放される農民とは違って、その税収を元に中央会議に出なければならない領主は浮かれている場合ではない。

「最悪、俺が行って無理やりにでも連れ戻してきますよ」

そして、そのままどさくさ紛れに王都へ帰ろう。そんな決意を固めていると、

「セトスは最近、婚約者ちゃんにご執心《しゅうしん》だからねぇ。あとはおれがやっとくから、先に帰っていいよぉ」

ニヤニヤと笑う兄上には俺の企《たくら》みはバレていたようだ。

「それなら、お言葉に甘えて王都へ帰ります！」

渋る父上と領民の両方を説得して連れ帰るのが面倒で先延ばしにしていたが、帰れるとなれば話は別だ。

「頑張ってねぇ」

急にやる気を出した俺を、兄上が生温かく見守ってくれていた。

＊

久しぶりにアンジェに会える！

およそ一月半。いつもの年なら忙しすぎて飛ぶように過ぎていく時間が、今年はなかなか進まな

かった。我がことながら、アンジェのことを考えすぎだと思う。さすがに仕事には支障は出していないけれど……。スキップでもしそうなくらいに浮かれた俺は、ある品を持ってアンジェの家へ向かう。

「こんにちは、アンジェ」

いつものように、執事にアンジェの私室へと通される。そして、アンジェは前と同じように、クマのぬいぐるみ（ロッシュだったか？）を抱いて座っていた。俺が声をかけるとすぐに、ぬいぐるみをこちらに向かって突き出した。

ん？　意図が分からないんだが……。何となく、受け取ってしまう。前にクマを俺が取った時にはあれだけ嫌がっていたのに、今回はたやすく手を放した。

「……どうした？」

アンジェが一体何をしたいのかが分からず、俺は固まってしまう。なにせ、今までアンジェの側からのアクションは、ほとんどなかったから。

「がんばった」

彼女はそう呟《つぶや》いて、いつも座っている椅子の肘《ひじ》掛けに手を突き、全身に力を入れる。突然の様子に俺は慌ててぬいぐるみをソファに置き、アンジェに手を添えた。俺はほとんど力を入れず、転んだ時のために構えていただけだったのに、彼女は一人で立ってみせた。膝も腕も、全身に力が入ってプルプルしてるけど、確実に、自分で立つことができるようになったのだ。

「すごい、すごいよ、アンジェ」

本当に驚いた。自分で立てるのはまだまだ先のことだと思っていたから。

しかも、彼女は硬いままの表情筋でできる全力のドヤ顔だ。普通なら気づかないくらいの差でしかないけれど、間違いなく最高のドヤ顔。

すげぇ可愛い……。

俺は気軽にこれから頑張ろうって言っただけなのに、彼女はそれに応《こた》えるべく、こんなに頑張ってくれたんだ！　でも、足も腕も限界みたいで、すごくプルプルしているから、慌てて抱きしめた。彼女を支えるみたいに。ずっと抱きしめていたいけれど、正直彼女の足は限界が近い。残念だと思いつつも、手を添えて椅子に座り直させる。

「アンジェ、立てるようになったんだね」

なるべく顔の高さを合わせるように膝立ちになり、アンジェの艶《つや》やかな髪を梳《す》くように撫でる。彼女は本当に頑張ったんだろう。たった一月半で、立てるようになったんだから。

「すごく頑張ったアンジェに、何かご褒美《ほうび》をあげたいんだけど、何がいい？」

俺の方で準備してきているものはあるが、これはあくまでも会いに来られなかった間のお土産《みやげ》だ。ご褒美というからには、彼女が欲しがるものをあげたらいいだろう。

「俺にできることだったらなんでもいいよ？」

「だっこ」

⁇　抱っこ？　なんで？

「抱っこがいいのか？」

頷くアンジェ。別に抱き上げるくらい、ご褒美じゃなくてもいくらでもしてあげるのに。でも、彼女にとっては抱っこがご褒美なのだろう。小さな頃は両親や兄弟と一緒に生活していたみたいだから、その名残《なごり》だろうか？

考えるのは後にして。彼女が抱っこして欲しいと言うのなら、俺の腕の限界まで抱き上げていよう。

「揺れるぞ」

アンジェに声をかけてから、なるべくそっと抱き上げると、アンジェも俺の首に腕を回して抱きついてくれた。

自分の首に回された腕に、ひどく動揺してしまう。

落ち着け、落ち着くんだ、俺。たぶん、アンジェに深い意図はない。不安定だから自分でも支えとこうかな、程度の意味だ。

緊張するな、子供じゃないんだから！

好きな子をお姫さま抱っこして頭爆発しそうになっている俺に気づいていないのか、アンジェは俺の首すじに顔を埋めて匂いを嗅ぎ始めた。物音ひとつしない静かな部屋に、アンジェが匂いを嗅ぐスンスンという音だけが響く。

「セトスさまの、におい」

俺の腕の中でふうわりと微笑むアンジェは、並大抵の爆発力ではなかった。完全に機能停止に陥ってしまった俺の脳みそは、しばらくして腕の痛みを感じるまで動かなかった。

気を取り直して。

「庭にでも出るか？」

このまま部屋の中で突っ立っていても仕方がないから、軽い気持ちで提案したんだが。

「にわ⁉」

アンジェにできる最大限のキラッキラの笑顔をしてくれた。

自分の家の庭にそんなにテンション上がるのか、この子は。薄暗い部屋で日がな一日座っていると、庭ですら憧れになってしまうんだろうか。もしくは、庭に出ることに憧れるくらい、何もできないからか。

「でも、おそとは、ダメなの……」

あんなに喜んでいたのに、急に落ち込んでしまった。

「何で駄目なんだ？」

またこれもディスカトリー夫妻からの虐待かと思ってそう聞くと。

「あぶないの」

「なるほどな。確かにアンジェ一人で外へ出るのは危ないと思う。ただ、今日は俺と一緒だから大丈夫だ。危ないことはないよ」

アンジェが怪我《けが》をしないように、という最低限の教育だったようだ。

「そう、なの？　じゃあ、いきたい」

また笑顔に戻ってくれたアンジェを見て、壁と同化している侍女に目で合図すると、黙って扉を開けてくれた。

アンジェの身体をどこかにぶつけないように慎重に動き、大きなブランケットを持って先を歩く侍女について庭に出る。おそらく普段は伯爵夫人がお茶会などをしているのだろう、綺麗に整えられた庭園だ。おそらく、春だったらもっと綺麗なんだろうけれど、残念ながら今は秋も終わりが間近。ほとんど冬と言ってもいいくらいだが、まだ太陽のあたる所は暖かいくらいの気温だ。

しかし、太陽の光を浴びた瞬間、アンジェは光から顔を背けるように俺にしがみついた。

「どうした？」

突然のことで、心配になる。

「……びっくりした。たくさんの、ひかりは、久しぶり」

「大丈夫だよ。太陽の光は、慣れたら気持ちいいから」

アンジェにはそう声をかけたが、むしろ俺の方が驚いた。目が見えないと聞いていたが、光が分かるということは、多少は見えているのか？

「アンジェは、光が見えているのかい？」

彼女が感じる世界を少しでも知りたくて、聞いてみる。

「ふつうは、何もない。たくさんの、ひかりのときだけ、感じるの」

「目が痛いとかはない？」

彼女は太陽に向かって顔を上げて、呟いた。

「痛くない。びっくりしたけど、ひかりは、好き。からだが、あったかくなるから」

太陽の光を、目ではなく身体全体で感じているのだろう。目で見えていなくても、光の暖かさみたいなぽかぽかする感じを受け止めて、心地良さげにうっとりするアンジェ。

彼女の肌は人形かと思うほど白く、もはや青白く見えるほどだけれど、その原因のひとつは、太陽にあたっていないことなんだろう。でも、アンジェは外に出ることが好きみたいだから、少しずつでも連れていってあげられるようにしよう。庭の片隅に置かれた白いベンチにアンジェを座らせて、自分も隣に座る。

「風邪をひいたら困るからね」

侍女が持ってきてくれた大きなブランケットでアンジェをすっぽり包む。その上から彼女の身体に腕を回して抱き寄せると、甘えるように擦り寄ってきた。

しばらくそうしていたが、アンジェが何かしようとしている。何をしたいのかはよく分からないが。先程まではブランケットの前を合わせるように握っていた手を離して俺の肩を持ち、逆の手でも触る。両手で俺の肩を持って、得心したようにゆっくり頷くアンジェ。

？？？？

何がしたいのか、分からなさすぎる。とりあえず、動いているうちに滑り落ちたブランケットをアンジェの肩に戻してやると、プルプルと首を振る。

「ちがうの。セトスさまも」

ブランケットの真ん中あたりを持って、俺の肩に持ってくる。残念ながら掛けられてはいないが、やりたいことはようやく分かった。少しだけブランケットを自分の側に引き寄せて、自分とアンジェの両方に掛かるようにする。

彼女は俺の肩を触ってブランケットが掛かっているのを確認すると、ふうわりと笑った。

「あったかいね」

そうだね、と言ってずり落ちそうなブランケットを直してあげる。

アンジェの笑顔に包まれた、温かな時間だった。

＊

彼女が風邪をひかないように早めに部屋へ戻ることにした。いつもの椅子に座らせて、自分は隣に椅子を引きずってくる。慌てて持ってくれる侍女さん。いつもながらに美味しいお茶を飲みながら、お土産を渡す。

「前に来た時から一ヶ月以上来れなかったのは、領地に帰ってたからなんだ。うちの領地は、海と山の間のほそーい土地しかないから実りはあんまり多くないけれど、その分山や海からの恵みがたくさんある」

いつか、アンジェも一緒に行こうな、と言うとコクコクと頷いてくれる。海風も、山の香りも、俺が育った土地のものだから、アンジェにも感じてほしい。いつか。

「職人が全部手で彫ったんだよ」

そう言って、木の箱を渡す。両手で充分持てるくらいの大きさで、真ん中に大きなマーガレットが彫ってあるもの。

かなりこだわって探したんだ。温かみのある木製で、彫刻が触って分かるくらいはっきりと凹凸がついている、複雑すぎないデザインのもの。見えなくてもアンジェが楽しめるような。

「触って分かるか？　ほら、ここが」

彼女の手を取り、人差し指を立てさせてそのままそっと彫刻の上をなぞらせる。

「はなびらと、これが真ん中。丸から、十枚のはなびらが出てるんだ。こんな形の」

はなびらの形をなぞらせてから中央の丸をなぞらせる。

「まる。はなびら。丸って、こんなかたちのこと」

確実に覚えるためにか、はっきりと、噛《か》み締めるように復唱する。

びっくりした。まさか、丸を知らないなんてことがあるか？　はなびらの形を知らないかもしれないとは思った。花の形を知らないことも。でも、丸を知らないとは思わなかったんだ。

「丸を知らなかった？」

恐るおそる聞いてみる。

「しってるよ？　どんなものか、しらないだけ」

んん？　どういうことだ？

「言葉は、しってる。きいたから」

「どこで聞いたんだい？」

「ろうかで、話してる」

「えっ!?　聞こえてるのか？」

ドアも閉まっているし、そもそも部屋の中から廊下での話し声は聞こえないだろう。

「今も、ろうかのむこうがわで、メアリの、姪《めい》のはなし」

俺には何も聞こえないんだが……。ためしに廊下へ出てみると、アンジェが指した方で二人の侍女が立ち話をしていた。

俺が話しかけようとする前に、侍女が動いた。

「メアリ、今何の話してたの？」

「えっ？　最近生まれた姪っ子がめちゃくちゃ可愛いって話です」

突然聞かれた相手はきょとんとしているが、軽い目礼で誤魔化《ごまか》した。

「ありがとう」

侍女に礼を言ってから、アンジェの隣に座り直す。

「すごいね、本当にすごいよ。こんなに遠くから聞こえてるなんて」

きょとん顔で首を傾げるアンジェ。

「少なくとも俺には廊下の話し声は聞こえないし、普通は聞こえないと思う。そもそも廊下に侍女がいるかどうかさえ分からないのに、話の内容なんて分かるはずがないし」

まだきょとん顔のアンジェの髪をそっと撫でる。

「たぶん、目の代わりなんだろうな。俺たちが目で感じてることをアンジェは耳で感じてる」

実際、他の人にできないことができるってことはかなり有利だ。目が不自由でも、それを耳でカバーできるのなら。そして、普通の人間が聞こえないくらいの距離で、話の内容まで聞こえるのなら。

俺の父上はあまり政治に熱心ではないけれど、普通の貴族としての考え方はする。つまり、アンジェの有用性をしっかり理解してもらえたら、俺の家に早めに来てもらえるかもしれない。

そんな薄汚い計算を腹のなかで繰り広げている俺だが、そんなことを知らないアンジェは、純粋に自分を褒《ほ》めてもらえて嬉しいらしい。

「エルト兄上さまは、インシュードンにいくの。てがらをもらうんだって」

得意げに報告してくれるアンジェが超かわいい。

「インシュードンっていうのは、騎士になるための学校のことだよ。エルトは二番目の兄だったよね？」

頷くアンジェ。よく覚えてるな……。会ったのはずいぶん前のことだろうに。

「長男じゃない男は、文官っていう手続きとか書類の仕事をするか、騎士になって手柄を立てるかするんだ。家にいたら兄の言うままに働かないといけないからな。それが嫌なんだろう」

「きし？」

「騎士っていうのは……」

今の会話のなかで出てきた単語一つひとつを解説する。興味津々で聞いてるのが子供みたいで可愛くて、どんなことでも答えてあげたくなる。

今までアンジェは、じっと座ってこの屋敷の人々の会話を聞き続けていた。

廊下での会話はほとんど聞こえるし、ドアが閉まり切っていなかったら部屋の中の話も聞こえることがあるらしい。

その話を繋《つな》ぎ合わせて意味を考えて、それを言葉として自分のものにした。少し間違えてる時もあるみたいだけれど。

その過程は、もはや学習ではない。暗号の解読みたいなものだ。散らばったパーツを繋ぎ合わせて意味を持たせる。

しかも、褒め言葉として使う時と皮肉として使う時はきっちり使い分けられている。俺の感情を抜きにしてもこんなところで一生を終えるにはもったいない人材だ。

延々と、○○って何？　と聞き続けるアンジェ。これまで他の人の話を聞いて推測していたことの答え合わせに夢中になってる。

「しらないことばっかり。いやだと思うけど、ちょっとずつでいいから、教えて。わからないのは、きらいだから」

「嫌なわけない。アンジェが知らないことが多いのは当たり前なんだ。教えてもらわなかったんだから。今から覚えていけばいいんだよ」

それからも、アンジェからの質問攻めに答え続けた。

近いうちに、きちんとした教育を受けさせないとな、と思いながら。

＊

いや、違うんだよ。お土産の本題は丸でも花でもないんだ。

アンジェは質問攻めにとりあえず満足した様子で、意識を膝の上の小箱に戻してくれた。

「おみやげ、ありがとう。だいじにする」

「いや、まだメインじゃないんだ。これ、ただの箱じゃないから」

アンジェが頭の上にはてなマークをいっぱい飛ばしている顔で箱を弄《いじ》りまわす。ぱかりと蓋を開けると、澄んだ音色が流れ出した。

パタン

「なんで閉めた?」

咄嗟《とっさ》の反射で蓋を閉め直したアンジェはめちゃくちゃにびっくりした顔をしていた。また恐るおそる蓋を開くとメロディが流れ出す。今度は慌てて閉めはしなかったけれど、その代わりに音の発信源を弄り始めた。

「あっ、ダメだよ、アンジェ。細工ものだから、あんまり触ると壊れる」

そうしたら、バッと音が聞こえるんじゃないかってほどの勢いで手を離した。当然膝の上の小箱はバランスを崩して落ちかけたから、慌ててキャッチする。

「ご、ごめんなさいっ……」

箱を探して宙をさまようふたつの手のひら。その手を取ってしっかりと握らせる。今度は落とさないように。

「オルゴールっていって、開けたら音楽が鳴るようになってるんだ」

蓋や側面の細工を触りながら、音楽に耳を傾ける。うっとりと身体を揺らしていたが、突然はっ、と何かに気づいたように顔を上げた。

「あの、ロッシュ、どこ……？」

膝の上にぬいぐるみを載せてやると、ぼふっと抱きついて愛《いと》おしそうに撫でる。左手でぬいぐるみを抱き、右手でオルゴールを持ったまま幸せそうに微笑んでいる。その幸せな光景を眺めて、繁忙期の疲れが全部抜けていったような気がした。

ゼンマイが切れたようで、オルゴールが止まった。途端に悲しそうな顔をするアンジェ。

「このネジをこっち向きに回したらまた鳴るから」

なるべくゼンマイの軽いものを選んだつもりだが、アンジェの筋力で回せるだろうか？　やっぱりアンジェには少し固かったみたいだけれど、頑張って回している。ギリギリなんとか回せるくらい。ちょっと可哀想だし、手を貸してあげたいところだけど、アンジェが自分で頑張って回すことで筋力がつくだろう。少しずつでも自分で動いて身体を使うことで、できることを増やしてほしい。子供を見守る母親のような気分で、アンジェの頑張りを見つめていた。

「このオルゴールの曲には、歌詞もあるんだ」

オルゴールは短い曲しか作れないからか、かなりメジャーな童謡『自由の鳥』だ。

「俺が一回歌うから、その後で合わせて一緒に歌ってみよう？」

『自由の鳥は大空へ　海を越えてどこへゆく』

たったワンフレーズだから、すぐに覚えられるだろう。

「次は一緒に歌ってみようか。せーのっ」

「じゆうの、とりは、おおぞらへ　うみを、こえて、どこへ、ゆく」

「そうそう！　あってるよ。上手《じょうず》。アンジェは、歌ったことある？」

「ない。たぶん、はじめて」

「初めてでこんなに上手ならすごいよ。アンジェは耳がいいから、歌も上手《うま》いのかな」

褒められて得意げなアンジェ。ちょっとドヤ顔なのが可愛い。

「……もう一回！」

たったワンフレーズの、誰でも知ってる童謡を、ゼンマイが切れるまで繰り返し繰り返し歌い続けた。

二人で笑い合いながら。

幕間　アンジェのひとりごと

私は、何もできない。
私は、何もわからない。
私は、何も感じられない。
そう思ってた。
あの人と出会えるまで。

＊

ふわふわした意識のなかで、淡々と入ってくる情報をまとめるだけの日々。
やるべきことも、できることもなくて。
何もできない私に、生きる意味はなくて。
幼かった私でも、周りの気持ちは薄々感じてた。
今なら言葉にできる。

あれは『失望』っていうんだって。


でも、私にひかりをくれた人がいる。

私の目は何も見えないけれど、あれは確かにひかりだった。

からだが暖かくなって、こころがふんわりするような。

残念なのは最初の出会いをほとんど覚えていないこと。

たぶんあのころの私はなまぬるい意識のなかに沈んでいたから。

セトスさまは私にいろんなものをくれた。

ロッシュをくれたことは本当に嬉《うれ》しかった。

でも、それだけじゃない。

私の部屋に来て、話しかけてくれるだけで私はとっても嬉しかったから。

それから私に『やるべきこと』ができた。

私が何かを『できる』ってこと。

毎日毎日、立つための練習をする。

足は痛いけど、頑張ったらその分セトスさまは褒《ほ》めてくれるし、できることが増えるから。

いつか、セトスさまと一緒に歩いて、外に連れていってもらうんだ。

幕間　侍女の想い

お嬢様のお傍《そば》にお仕えし始めて早十年。私、イリーナに与えられた仕事は、とても少ないです。仕事に入る前、雇い主である旦那様に呼び出された時に、

「アンジェが生きていればそれでいい。不要なことはするな」

そう命令されたから。

アンジェお嬢様は、幼少期はとても利発な子供で、目が不自由ながらも他の兄姉《きょうだい》の方と一緒に遊んでらっしゃったそうです。しかし、成長するにつれて目のハンデが大きく影響するようになり、五歳頃には誰《だれ》とも関わらないようになってしまわれました。

その後、当時のお嬢様付きの侍女の引退に伴って私が新しくお嬢様付きとなりました。

私はこの数年間、自分ができる限り頑張ってお嬢様にお仕えしてきたつもりです。少しは旦那様を怨《うら》みたい気持ちになったこともありますが……仕方がありません。貴族というものは、外聞とか、体裁というものが大事なんだって分かっています。身体《からだ》の不自由な家族がいたら、他の兄姉方の結婚にも差し障ると思われていますから。特に旦那様はほどほどに野心のあるお方。お嬢様を利用しようとまではなさらないと思いますが、邪魔者扱いされるのも仕方がありません。

でも、私にとってはお仕えしているお嬢様が大切なんです！　自分のお仕えしている方に幸せになってほしいと思わない侍女は、侍女を辞めた方がいいと思っていますから！

こほん、失礼。取り乱してしまいました。

とにかく、私はできる範囲でお嬢様に快適に過ごしていただこうと頑張ってきました。毎日髪を整え、華美ではないけれど清潔な服に替えて、お食事のサポートをする。それくらいしかできませんが、できることはなるべくしてきたつもりです。その努力が、実る日が来るかもしれないのですよ！

お嬢様が、ご婚約なさったというのです！　しかもお相手は同じくらいの家格である、ミラドルト家の次男様。特に悪い評判のある方ではありませんし、期待に胸が躍ります!!

だというのに、いきなり旦那様からの呼び出しを受けました。この十年近く何も仰《おっしゃ》らなかったのに、今ってことは婚約者様のことですよね……？

「失礼いたします」

そっと扉を開けて、旦那様の執務机の前に立ちます。ちょっと足震えてませんか？　大丈夫でしょうか？

「明日、アンジェの婚約者が来る」

「はい」

なるべく心象はよくしたいですからね。大きな声ではっきりとした返事は基本です。

「なるべく何もするな。何も言われないようなら下がっていい」

「……はい」

うぅ、やっぱりそうですよね、面倒事を起こすなってこと……。

「分かったら下がれ」

「失礼いたしました」

有無を言わさぬ圧力に屈してトボトボと部屋を出ると、待ち構えていた家令に捕まって細かい事情を説明された。

婚約者様は、アンジェ様の目が不自由だと知らないこと。なるべく何もせず、穏便に帰ってほしいこと。縁談を受けたもののできれば結婚になる前に破談になってほしいこと。

破談になってほしいって、放っておいたらなりますよ！

「なぜ、お嬢様の目のことを隠したまま婚約したのですか？」

これはめちゃくちゃ疑問です。相手に失礼すぎますよね？

「様々な事情がある」

……これは回答放棄ではありませんか!?

ですが、家令がこう言うということは、私に理由を教えてはもらえない、ということです。

「以上だ」

これ以上何も言う気はない宣言を受けてとっとと退散しました。

なぜなら、私にはここで家令を問い詰める前にするべきことがあるからです！

そう、お嬢様への事情説明です。ミラドルト伯爵家次男様であること、社交界での評判など、私が知っている限りのことをお伝えします。

こんなことは考えたくありませんが、お嬢様の目のことを知ったら暴言を吐いたりするかもしれません。ああ、いい人が来てくれたらいいのにな……。

二章　つれて帰って？

「なあ、アンジェ。俺《おれ》の家に来ないか？」

　冬の足音も間近に迫ったある日。俺はアンジェにそう提案してみた。

「俺は休みの日にしか来れないから、アンジェと一緒にいろんなことを練習してあげられていないだろう？　もし、アンジェが俺の家に来てくれるなら毎日一緒に練習できると思って」

　現状、俺は練習内容を考えるだけで実際一緒にすることはできていない。主に時間的な都合で。

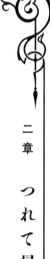

　この家の中では彼女の扱いがよくなることはなさそうだし、練習を手伝ってくれてる侍女さんの負担にもなっているみたいだから。

「もちろん、結婚してからがいいと思うなら待つよ。まだ婚約してから日も浅いしね」

「……ほんとに、いいの？」

「ああ、もちろん。今から父上や家族と話をするからすぐにとはいかないだろうけど、なるべく早く家に来れるようにする」

「ありがとう、ございます。そとに、いってみたい……」

　今のところ、彼女の世界はこの部屋と、俺が来た時だけ出られる庭だけだ。歩けるようになろうと頑張ってはいるようだけど、目標がせいぜい自分の家の庭では、頑張る気にもなりにくいだろう。

でも、うちに来てくれるならいろんな場所へ連れていってあげられるから。

「俺はアンジェが家に来れるように頑張るから、アンジェは少しでも長く立っていられるように頑張ろう」

彼女は、強い意志を示すかのように、深く強く頷《うなず》いた。

＊

次の日から、俺はアンジェを家に迎えるため、本格的に動き出した。主に父上と兄上の説得だ。まあ、兄上は父上が許可すれば何も言わないだろうから、とりあえず父上を説得すればいい。

いいんだが……。

そもそも父上はアンジェとの婚約自体にあんまり賛成していないからなぁ……。自分が持ってきた縁談だろう、と突っ込みたいんだけどね。

「父上、失礼します」

夜、父上の帰宅後に執務室へ向かう。父上の人柄を表したような、威厳に満ちた貴族らしい部屋だ。仕事柄よく入る部屋にもかかわらず、これからする話の内容を考えると緊張してしまう。

「こんな時間に珍しいな、どうした？」

俺と父上の間は特に何の問題もない。だけど別にめちゃくちゃ仲良しというわけでもない。この歳の貴族としては普通の関係だと思う。

「少しお願いがあって、伺いました。婚約者のアンジェ嬢の話なのですが、実家ではかなり冷遇されているようなのでなるべく早めにこちらの家に迎えたいと考えています」

「結局、彼女と結婚するつもりなのか？」

「はい、もちろんです」

「自分が持ってきた縁談にこんなことを言うのもなんだが、彼女は身体《からだ》が不自由だと聞いた。しかも家では教育も受けていないし、人と話すこともできないというが」

「はい、そうですね。最近は話せるようになってきましたし、自力でなんとか立てるようになりましたが、まだ歩くこともできません」

俺の肯定の返事に、父上の顔がみるみる渋くなり、首を左右に振るのに合わせて金色の髪が揺れる。

貴族家の当主として、また一人の父親として、この結婚に反対するだろうということは分かりきっていた。ただ、俺はそれをなんとしてでも覆《くつがえ》したいのだ。アンジェと二人で生きていくために。

「そのような女性と結婚しては、おまえが将来苦労するぞ。もしも身体のことを知っていたら、こんな縁談は受けなかったものを。メラトーニに騙《だま》された」

吐き捨てるようにリリトアの実家を罵《ののし》る父上。

「確かにアンジェはいろいろな不自由を抱えていますが、俺が会ってからの短い期間だけでも少しずつ良くなっています。今後もきちんと練習して、勉強していけば必ず役に立ってくれると思います」

「若さに任せた一時の恋に溺れたら、あとあと後悔するぞ。本当にいいのか？」

「俺は絶対にアンジェと結婚します。彼女は全《まった》く話す相手がいないのに聞こえてくる会話だけで言葉を習得したようですし、なによりも、とても耳が良く、感受性が豊かです。結婚した後でミラドルト家に迷惑をかけることはないかと思います」

アンジェのアピールポイントを最大限に主張する。頭と耳の良さで、目の不自由さを帳消しにできるほどだと思っているから、それをしっかりと父上にも分かってもらわなければならない。

「それなら、せめて普通の婚約期間を過ごしたらどうだ？　まだ婚約してから三ヶ月くらいだろう。一年か二年ほど時間を置いて、お互いのことを知る期間にしたらいいじゃないか？」

父上が思っていたよりも俺が本気だからか、徐々に譲歩してくれている。もう少し粘って、アンジェと共にいられる時間を手に入れないと。

「一年か二年してから結婚するためにも、今からいろいろと準備をしないといけないんです。だからなるべく早めにこちらの家に来てもらいたいと思っています」

「準備というが、通常の結婚であれば嫁入り支度が必要なだけで、その本人には何の準備も要らない。その時点で、彼女との結婚自体を見直せと言わざるを得ないが」

俺の心情は分かってくれたが、その上でアンジェとの結婚そのものに反対している。

「ですが、彼女の飛び抜けた耳の良さは必ず我がミラドルト家の役に立ってくれます。家の中で、廊下であれば全ての声を聞くことができる上、扉が閉まりきっていなければ部屋の中の話し声も聞こえることがあるそうです。パーティーなどで積極的に情報を集めて、社交に活かすことができると考えています」

「そのようなことを言っても無駄だ。人間が聞こえる範囲など、そう変わらんだろう」

普通では有り得ないような能力だから、父上は端《はな》から相手にしてくれない。だが、その能力は本物で、信じられないようなものだからこそ、家のためになってくれるはずなんだ。

「いいえ、完全に事実です。現に、俺の目の前で、廊下での侍女たちの会話内容を言ってみせました。その際、扉は俺がしっかり閉めていたのに聞こえたのです」

「ふうむ、扉一枚くらいなら突き抜けて聞こえる、と？」

「ええ、そうです。それに、頭も良いのでそれらの会話全てを覚えておくこともできます」

父上が少し興味を持ってくれた。いかに俺がアンジェのことを好きだと訴えても、感情だけでは許可できないのが貴族というものだ。彼女の魅力も併せてアピールしないと。

「だが、それもそのような場に連れ出せたら、のことだろう。目が見えず、歩くこともままならないような者では、話にならない」

さすが伯爵家当主、と言うべきか、父上は俺が思っていたよりも、ずっと正確にアンジェの現状を把握している。それならば。

「初めて会った頃には、彼女は立つこともできませんでした。しかし、俺が領地へ帰っている一ヶ月と少しの短い間で、自力で立ち上がることができるようになったのです。それだけの努力ができる人なのです」

「……なるほど」

それだけ言うと琥珀《こはく》色の瞳《ひとみ》を閉じて深く考えているようだ。俺の人生だけでなく、この家の将来にも関わってくる大切なことだから、口を挟むことなく待つ。

「決めたことは譲らず、何があってもやり遂げる。おまえのいいところだからな」

次に目を開いた時には、瞳に少しだけ諦《あきら》めの色を浮かべながらも賛成してくれた。俺の人生の岐路でよく見た父上の瞳。

俺は我《が》が強いらしい。自分ではあまりそう思っていないのだが。

「好きにしろ。人手が足りなければ適当に使っていい。そもそも、そんなに大切にしたいならとっとと結婚してしまえ」

「俺としても結婚したいんですけどね。ある程度歩けるようになるまでは無理かなと」

「おまえ、本当に大切なんだな。もう少し顔を引き締めろ」

うわぁ、だいぶ恥ずかしい。そんなにデレデレした顔してるのかぁ……。

「そんなに気に入っているなら、まぁ大丈夫だろう。離れを好きに使っていいから、大事にしてやれよ」

……大事にしてやれよ、と来たか。父上がそんなことを言うとはかなり意外だ。社交界では妻にべタ惚《ぼ》れだと有名な人だけれども、俺たちの前でそんな雰囲気を出すことすらなかったのに。

「ありがとうございます」

自分でもちょっとニヤニヤしていると分かるくらいに頬《ほお》が緩んでいるだろう。とりあえず、アンジェを迎えるための第一歩は踏み出せた。

これからは、より過ごしやすい家になるように頑張ろう！

＊

次の休日。ディスカトリー伯に面会し、アンジェをなるべく早い時期に俺の家に迎えられるように交渉しに行った。結果としては、「いつでもいい、好きにしてくれ」とのこと。

自分の娘のことなのに無関心すぎないか？　とは思うものの、アンジェを俺の元へ連れてくることができるならいいかと思い直した。

おそらく、ディスカトリー伯は長くアンジェと会っていないし、ここ最近の変化にも気づいていないだろう。貴族家の娘は、一般的に婚姻によって他の家との縁を結ぶのが一番大切な役目と見なされているが、アンジェにはそれはできないと思われていた。それなのに、メラトーニ家の紹介で、ミラドルト家が手を挙げたのだ。ディスカトリー伯としては願ってもないことだろうし、利用できてラッキー、といったところ。それ以上何かを求めることもなく、家の奥に居るだけの穀潰《ごくつぶ》しを引き受けてくれるなら好きにしろ、そういう態度だった。

あまりにもアンジェを軽く扱っている上、娘にする対応とは思えない様子に憤りも感じたが、貴族同士のやり取りで感情を露《あらわ》にするようだと下に見られる。程度の低い家ではなく、立派な家に嫁いで行くのだと、そう思わせなければならない。

父親の態度の悪さに怒るよりも、もっと他にやるべきことがある。アンジェが今まで家族にもらえなかった幸せを、俺が与えてあげればいいのだから。

ディスカトリー伯に挨拶《あいさつ》したその足でアンジェに会いに行く。

「セトスさま!!」

歓声を上げて、キラキラの笑顔で迎えてくれた。俺の方に手を差し出す様子は抱っこをねだる幼子のようで。その手に応《こた》えて軽く抱きしめてあげると満足そうに微笑《ほほえ》んだ。

新しいアンジェの部屋には二人掛けのソファが欲しいな。椅子《いす》の肘《ひじ》掛けが邪魔で仕方ない。

「アンジェを家に呼べるようになった。うちの父上もディスカトリー伯も説得した。うちの家の離れをもらえるから、準備ができたらアンジェの都合がいい時においで。いつでもいいから」

「ありがとう、ございます。すごく、うれしい」

「喜んでもらえて良かった。今日はこれからいろいろ準備があるからもう帰らないといけないんだ。ごめんね?」

「うぅん。ありがと、またね」

本当に顔見に来ただけになってしまって申し訳ないんだけど仕方ない。あっ、そうだ。忘れてた。

「侍女さん、お名前を聞いても?」

「はい、イリーナと申します」

「アンジェは、たぶん今週中にはうちの家に来てもらうことになる。もちろんこちらでも人は手配しているが、もし良かったら来てほしい。もちろん、無理は言わないからね」

「はい、行かせていただきたいです!」

「ありがとう。頼りにしてるよ」

侍女さんの今後について話も決まったところで、彼女に聞きたいことが山のようにあるんだ。

「アンジェが部屋の外に出る時にはどうしているんだ？」

「そのようなことはほとんどありませんが、どうしても出なければならない時には台車の上に椅子を乗せてそこに座っていただきます」

「えっ？　危なくないか？」

「少し安定性には欠けますが、動かすことはできます。あまり遠くへは行けませんが家の中であればなんとかなります」

「ちょっと知り合いに頼んで道具を作ってもらった方が良さそうだな。あと、アンジェの身の回りの物なんだが………」

それから細々《こまごま》としたことを確認して帰った。


次に向かうのは幼なじみの道具屋。貴族向けの商店が軒を連ねる区画の一角にある、古くから続く店だ。その店構えは歴史に見合った重々しさで、幼なじみの軽い性格とは合っていないといつも思っている。

ここは昔から家に出入りしている店で、同い年の子供も親について来てたからよく遊んだ。

「アル、いるかー？」

表から呼ぶとひょこっと顔を出したのは、絵に描いたような〝普通〟の商人。シンプルなシャツと紺のパンツと、ほどほどに小綺麗《こぎれい》な格好だが、なぜか今ひとつ垢抜《あかぬ》けない幼なじみだ。

「おっ、誰かと思ったらセトスか。久しぶりだな」

アルは平民で身分の差があるとはいえ、お互いほとんど気にしていないので言葉は気安い。

「秋はやっぱり忙しくてな。遊ぶ暇《ひま》なんてなくて」

「そうだろうなぁ、おつかれ。今日はどうしたんだ？」

「リリトアと別れて、他の人と婚約したんだ」

「その話は聞いてる。大変だったそうだな？」

情報通の商人らしく、既《すで》に話は聞いていたらしい。

「別れること自体は別にいいんだが、次の相手が目が不自由な女の子だからな」

「ああ、それでミラドルト伯があんなに怒ってたのか」

「そうなんだよなぁ。でも、めちゃくちゃ可愛《かわい》い子なんだよ？」

「おおっ！　珍しい、セトスがそんなに惚気《のろけ》るとは、お気に入りなのか」

そう言って笑うアルは、俺の長年の友人だけあって、我がことのように喜んでくれる。

「リリトアとは全然違うタイプで、笑顔がめちゃくちゃ可愛い」

「ま、幸せそうでなにより。探してるのはその子への贈り物か？」

「いや、婚約者はアンジェっていうんだが、歩けないんだ」

「そりゃあ大変だな。結婚して大丈夫か？」

アルの顔が曇るが、これが普通の反応だろう。俺だって、もしアルが目の見えず、歩けない子と結婚すると言えば同じような反応をするだろうし。

「父上も心配してるんだが、結婚は絶対する。それに、なるべく早めに家に来てもらおうと思ってるんだ」

「そんなに焦《あせ》ってるなんて、セトスの頑固さが出てるなぁ」

「父上にもそう言われてしまったよ。自分としてはそんなつもりはないんだけどな」

「セトスは昔っからそうだからな」

からからと笑うアルは、昔のことを思い出すように目を細めた。

「それで、台車に椅子を乗せたみたいな、歩けない人を運べる道具が欲しいんだ」

「なるほどな。ちょっと待ってくれるか？　変わったものを作ってる変人がいるから、その人なら何か知ってるかも」

そう言って、奥に通してくれた。俺は、穏やかで少しふくよかなアルの母が淹《い》れてくれたお茶をありがたくいただく。

「ひとっ走り行ってくるから、ちょっと時間かかる！」

言うなり、飛び出していった。俺の頑固さが変わらないと言っていたが、あいつのそそっかしさも変わらないな。

「セトス、あったぞ！」

自分でも変なものを頼んでいると思っていたが、世の中にあったのか……。

「まだ完成はしていないらしいんだが、職人と途中のものを持ってきた」

「ワシを持ってきたなどと言うな」

ああ、見ただけでも分かる。このじいさんは変人だ。

身だしなみには全く気を使っていない、着古してヨレヨレの服にボサボサの髪とヒゲ。

「アハハ、すいませんね、ネストさん。で、これが作りかけで放置されてたやつなんだけど」

「ほっといたんじゃないわい。単に他のもんを作ってただけじゃ」

「まあなんでもいいや。セトスが考えていたのはこういうもので合ってるか？」

「そうそう。こういうのが欲しかったんだよ」

「二、三日あれば出来上がる。また取りに来い」

ネストさんは、それだけ言うと帰っていってしまった。

「俺、お金の話とか細かいこと一切言ってないんだけど……大丈夫か？」

「ああ、あの人に頼んでおけばたぶん大丈夫。生活力は全くないけど腕は確かだから」

「アルがそう言うなら安心だな。ありがとう」

「あっ、使うのが女の子だって言ってないな！　目の不自由な女の子だって言ってくるよ。じゃあな、セトス！　出来たら持っていくから！」

相変わらずそそっかしいやつだなぁ。

とにかく、アルのおかげで大きい問題がひとつ片付いた。

よーし、アンジェのために頑張るぞ！

＊

三日後。

変人職人とアルが『車椅子』と名付けられた道具を持ってきた。台車というよりも椅子の両側に木製の大きな車輪をつけたような見た目をしている。

「椅子を台車に乗せると、かなり不安定になる上にガタガタとうるさいんじゃ。台車に乗せるには人間は重たすぎるんじゃな。じゃが、車輪を大きくするとあまりガタガタいわんようになるし、少しはコケにくくなるようじゃ。なるべく扱いやすいもんを作ったつもりじゃが、改良点があればいつでも言ってくれ」

「ありがとうございます。アル、試しに使ってみたいから、乗ってくれ」

「大丈夫か？　倒さないでくれよ？」

「知らん。倒れたらごめん」

「いやいや、開き直りがこぇーよ！」

なんだかんだと文句を言うアルを半ば無理やり車椅子に乗せて動かしてみる。

「案外簡単に動くな」

「乗ってる側も全然怖くないな。思っていたよりもずっと安定してる」

普通の男性が乗っていてもこれだけ軽く動かせるのだから、アンジェならばもっと簡単に動かせるだろう。これさえあれば、どこへでも連れていってあげられそうだ。もちろん、自分で歩けるようになってほしいけど。

「うむうむ。いい出来じゃな！　さっそく、愛《いと》しのハニーのとこへ持っていってやるんじゃ！」

わははは、と豪快な笑い声を残して老人は去って行った。

「ありがとうございますー！」

大声でお礼を言うと、軽くヒラヒラと手を振り返してくれた。


そのままアンジェに会いに行った。早く彼女の笑顔が見たかったから。

「セトスさま！」

ガチャリとアンジェの部屋の扉を開けると同時に彼女がこちらを向いた。俺の方に手を突き出してぱたぱた振っているので、軽く抱きしめてあげる。

「この前も気になったんだけど、アンジェはなんで俺が来たって分かるんだ？」

「だれかが言ってる、ときもあるけど、たぶん歩くときの音と、におい、かな？」

「足音で誰か分かるのか？」

「そう、あしおと。足音は、いろいろあるから、わかりやすいよ？　こえみたいに」

「なるほどなぁ。アンジェは耳がいいから見えないところにいる人でも分かるんだな」

「そう。でも、今日は、足音じゃないのがあったの。聞いたことない音、かも」

「それは、車椅子の音だよ」

「んん？　くるまいす？」

「椅子の横に車輪がついてて、アンジェを乗せて運べるんだ。これに乗ったらどこへでも行けるよ」

途端にアンジェの表情が暗くなった。

「しゃりん、たぶん、ゴロゴロのこと」

「どうしたんだ？」

少しの間、暗い表情をしていたアンジェだけれど、すぐに覚悟を決めたみたいだ。

…………何の覚悟？

「だいじょうぶ。だいじょうぶ。セトスさまと、いっしょだから」

「本当にどうした？」

何を考えているのか分からずに困っていると、横からイリーナが答えてくれた。

「おそらく、お嬢様の仰っている『ゴロゴロ』とは、以前に使っていた台車に椅子を乗せたものです。かなり不安定だったので乗るのが怖いのだと思われますが、外に出るために頑張ろうと思っていらっしゃるのではないかと思います」

「なるほど。ありがとう。アンジェ、今回のは違うんだ。俺の知り合いに頼んで、ちゃんと安定してる、乗っても怖くないものを作ってもらった。実際に友達を乗せて動かしてみたけど、大丈夫だったから安心してほしい」

アンジェの表情が少し柔らかくなった。戦場に向かう兵士みたいだったのが、少しマシになった程度だけれど。

「不安なら、先にイリーナに乗ってもらおうか。それで大丈夫だって分かれば、少しは怖くなくなるだろう？」

「わたくしと致しましても、お嬢様の前に乗せていただいて、体験しておきたいと思います」

イリーナにも賛成してもらえたから、彼女を乗せて動かしてみる。部屋の中をまっすぐ動かすだけなら全く問題なさそうだ。

「お嬢様、こちらの道具はとても素晴らしいですよ！　非常に安定しておりますし、全く怖くありません。これなら、お嬢様にも安心して乗っていただけると思います」

「そっか。それに、音も、こわくなさそう、かも。だいじょうぶ、かも」

イリーナが実際に乗ってみて、全力で安心させようとしてくれたおかげで、アンジェも先程までの凍りついたような表情ではなくなった。

「一回、ちょっとだけでいいから乗ってみないか？　怖かったらすぐに言ってほしい。我慢はしないでほしいんだ」

こくりと頷き、立つために力を入れる。

身体を支えて椅子の肘掛けから手を離させると、イリーナが素早く車椅子に替えてくれた。

「後ろの椅子を変えたから、ゆっくり座ってみて。高さが少し変わってるから、気をつけてね」

アンジェの弱い肌を傷付けないように気をつけながら車椅子に座らせる。

「今は大丈夫？」

アンジェが頷いたのを確認してからゆっくりと動かしてみる。とりあえず、部屋の中をくるりと一周する。動かせる範囲が狭い分、曲がるのに少し手間取ったけれど、ほとんど揺らさずに一周できた。

「大丈夫だった？　怖くない？」

「うん。ぜんぜん、こわくない」

「それならよかった」

「あの、セトスさま？　そと、いける？」

アンジェはもともと外に行きたいと言っていたし、この前庭に出た時もとてもはしゃいでいた。

「もちろんいいよ。少しだけ庭に出てみようか」

アンジェをしっかり毛布にくるんで寒くないようにして、外に出る。

冬が間近とはいえ、太陽の光はまだ暖かい。ベンチの横に車椅子を停め、隣どうしになれるようにして座ると、アンジェの表情がふっとゆるんで俺の大好きなふわふわの笑顔になってくれた。

「ありがとう、セトスさま。ほんとに、本当にうれしいの。このまま、セトスさまのおうちに、つれて帰って、ほしいくらい」

心の中で大きくガッツポーズをした俺を許してほしい。もう俺の家の準備はほぼできていたし、あとはアンジェが来てから不自由なところを見つけて直していこうと思っている。アンジェが来たいと言ってくれたらいつでも連れて帰るつもりだったから。

「じゃあ、アンジェ、一緒に帰ろうか？」

バクバクと跳ねる心臓がうるさい。

もう婚約しているというのに、プロポーズでもしているような気分だ。

「ううん。いまは、まだ、だめ。まだ」

……断られると、思ってなかった。

いつでもおいでって言ってたし、連れて帰ってほしいって言ったのに。

俺の発した絶望が伝わったのか、アンジェが少し慌てた様子でフォローしてくれる。

「ちがう、ちがうの。いきたいの、セトスさまのところ。でも、まだ、だめなの。まだ。ちゃんとしなきゃ」

「ちゃんと？」

とりあえずフラれたわけではないことが分かって、気持ちが持ち直してきた。

「そう。ちゃんと。イリーナ、とうさまは、いま、いる？」

「執務室にいらっしゃると思いますが」

「じゃあ、セトスさまいるし、ちゃんと、しにいこう」

イリーナも俺も頭の上ははてなマークでいっぱい。

「アンジェ、ちゃんとって何をするつもりだい？」

「とうさまに、言うの。わたしは、セトスさまの、ところに、いくよ、って」

彼女の表情は硬い。

しかし、背後に炎が見える気がするくらいに強い決意が感じられた。

「そうしないと、いつか、帰ってこいって、言われる、から」

「なるほど。アンジェは、本当に俺のところに来るために、頑張っていろいろ考えてくれたんだね」

彼女はただ俺に守られているだけのか弱い女の子ではない。もちろん身体のハンデがある分補助が必要な部分はあるが、きちんと物事を考えて、自分がやるべきことをやれる女性だ。

そんな彼女がとても愛おしくて髪を軽く撫《な》でると、アンジェはその手を包みこむようにして握り、自分の胸元に押し付けた。

「わたしの、ここ、ドキドキしてる、でしょ？　でもね、セトスさまが、きてくれるまで、そんなこと、気づかなかったの。わたしね、生きてるのよ。生きてるの。セトスさまが、いるから、生きてるの。それを、とうさまに、わかってもらうの」

アンジェにしては珍しく、長く話してくれた。俺のために頑張ってくれてるのがめちゃくちゃ嬉《うれ》しい。

「ありがとう、アンジェ」

アンジェが握っているのとは逆の手できつく抱きしめる。苦しいと感じさせないように気をつけながら、けれど彼女には力いっぱい抱きしめられていると感じられるように。

しばらくそうしていて、そっと振り返るとイリーナが立っていた。

「旦那様のご都合は良いとのことです。今から行くかどうかはわかりませんと言ってまいりましたが、どうなさいますか？」

「セトスさま、いっしょに、来てくれる？」

「もちろん。アンジェがイヤじゃなかったら、一緒に行きたいよ」

「ありがとう。イリーナ、いく。とうさまに、いまからいくって、いってきて」

アンジェは今まで見たこともないほど緊張しているようで、膝の上できつく両手を握りしめている。

「そんなに力を入れたら指を痛めるよ。俺は絶対隣にいるから、そんなに緊張しなくて大丈夫」

そう声をかけてから、彼女のこわばった握りこぶしを解いていく。指一本ずつ、丁寧《ていねい》に。軽く手のひらを揉《も》んであげると、少し緊張が抜けたみたいで。

「うん、ありがとう。もう、だいじょうぶ」

いつものようにとはいかないけれど、俺の大好きなふうわりとした笑顔を見せてくれた。

＊

車椅子を押して母屋の主執務室へ向かう。ついこの間会ったばかりだし、その際にアンジェを連れて帰る了承ももらっているけれど、アンジェ自身がきちんとけじめをつけたいと言うとは思っていなかったし、どういう展開になるのか全くわからないので緊張する。

まあ、俺よりアンジェの方が十倍くらい緊張してるけどね。さっきは笑えていたのに、いざこの場に来たらやっぱり表情がこわばってしまっている。

扉の前に車椅子を停めてノックしようとしたら、

「ついた？」

アンジェにそう聞かれた。

「ついたよ。扉の前まで来たけど、俺がいるから大丈夫だからね」

「とびら、どこ？　ノックするんでしょ？」

さすがに廊下の音を聞き続けて過ごしていただけあって、ノックは知ってたらしい。

「手が届かないんじゃない？」

アンジェの手をとって扉に触れさせる。

「だいじょうぶ」

身体を精一杯伸ばしてギリギリ扉に触れるくらいだけどなんとかノックできた。この会話は中に聞こえてるかもしれないけれど。

コンコン
小さいが、きちんと音が出た。

「入れ」

短い返答に応えてそっと扉を開き、車椅子を中へ入れる。

ディスカトリー伯は表情をピクリとも動かさず、猛禽《もうきん》類のような翠《みどり》の瞳が鋭い視線で俺たちを見つめていた。とてもではないが娘に向ける視線ではない。たとえ仕事場でも、ここまで鋭い目を向けることはそうそうないだろう。

「とうさま、おはなしを、しにきました」

「お前と話すのは久しぶりだが、何を言いに来た？　つまらない用件ではないだろうな？」

……普通、娘と話すのにこんなに圧力をかけるか？

「つまらなくは、ないと、思います。すぐに、おわるから、すこしだけ、きいてください」

応接セットの片側に座るディスカトリー伯は、アンジェが必死に話す間に手振りだけで俺に椅子を勧めた。

「アンジェ、俺が椅子に座るから動かすよ」

だが、俺はきちんとアンジェに声をかけてから動かす。目の見えない人がこの場にいるのだから、身ぶりだけで示すのはよくないと伝わるように。イリーナが椅子をひとつよけてくれてそこへ車椅子を止め、隣の椅子に俺が座る。

「こんな出来損ないの何がいいのかは知らんが、連れて行きたいなら好きにしなさい。そんな大袈裟《おおげさ》な道具を作ってまで、連れて行きたいようなものでもないと思うが」

呆《あき》れ返ったような風情《ふぜい》でそう言う彼は、アンジェに対して何の価値も感じていない。それに、実の娘だというのに価値が無ければ不要だと言い切るさまはアンジェを深く傷つけてきたのだろう。

現に、これだけ酷《ひど》い言われようなのにアンジェは特別傷ついた風ではない。これが当たり前だから、もう慣れてしまったのだろう。

だが、俺は違う。可愛い婚約者を貶《おとし》められて、彼女の実の父といえど許すつもりはない。そんな言い方しなくてもと思い、俺が思わず反論しようとしたら、その前にアンジェが口を開いた。

「ありがとう、ございます、とうさま。わたしが、言いたいのは、もう、この家に、戻《もど》ってこないよ、ってことです。わたしは、とうさまが言うみたいな、できそこないじゃ、ありません。自分にも、できることが、あるんです」

アンジェは話すことに慣れていないせいでたどたどしく、途切れながら話す。それでも伝わるくらいにはっきりとした口調で断言した。俺が庇《かば》うまでもなく、自分の意思で悪意を撥《は》ね除《の》けたのだ。

これまで一切表情を動かさなかったディスカトリー伯が、わずかに驚いて目を見開いた。おそらく、アンジェには表情の変化は伝わらなかっただろうが、雰囲気が変わったのは察せられただろう。

もしかしたら、ディスカトリー伯は娘の成長に気づかなかっただけなのかもしれない。いつまでも幼子のままで、目が見えないというハンデを背負った何もできない邪魔者だと思い続けていた。だから、アンジェはわざわざ宣言しに来たんだろう。いずれ成長して何かができるようになったとしても、その力をディスカトリー家のために使うことはないと。

ここへ来る前、アンジェは『連れ戻されないように』と言っていた。ディスカトリー伯は野心家で、自分の利益のためなら少々手荒な真似《まね》もする。それをよく分かっているのだろう。さすが、ずっと家の中の会話を聞き続けてきただけある。

「とうさまには、かんしゃ、してます。だって、セトスさまに、会わせてくれたから。でもね、それだけです。だからもう、帰ってきません。それだけ、言いにきました」

ゆっくりと、ディスカトリー伯が翠の瞳を閉じる。そして、なんとも居心地の悪い沈黙がおりた。アンジェの煽《あお》りとも言える台詞《セリフ》は、父親にどう届いたのか。

次に目を見開いた時、確かな怒りの色がディスカトリー伯の瞳にあった。

「いいだろう。アンジェは、もうディスカトリーの人間ではない。好きにしろ。こちらはもう何もしない」

娘どころか女性に向けるには語気が荒すぎる口調でそう宣言した。自分の怒りをコントロールしきれないような人間だから、あれだけ野心家なのにもかかわらず、少しずつ地位を下げていっているというのに、それに気づいていないのはいっそ滑稽《こっけい》だとすら思う。

しかし、アンジェは父親が怒っていることなど気にもしていない。はっきりとした言葉に、アンジェは俺の方を向いて満足げに微笑んだ。

「うん。セトスさま、ありがとう、ございます。おねがい、わたしを、つれて帰って？」

「もちろんだよ」

軽く会釈《えしゃく》して部屋を出る。そのままアンジェの部屋へは戻らず、外に出ていった。

もう戻らない、という彼女の意志を尊重して。

結局俺は本当に横に座っていただけで何もしなかった。というより、できなかったと言う方が正しいかな。アンジェの本質は、俺が最初に会った時に感じたほど弱いものではなかったということだ。薄暗い部屋に閉じ込められた人形のようなその見た目とは違って、ずっと強い人だった。苦難に負けずに日々学習し続け、ようやく手に入れた自由と権利を守るために戦うことのできる人。

反面、ディスカトリー伯本人はアンジェよりもずっと人間としての程度が低いと感じてしまった。たとえ目が見えていても、その場にある情報を上手《うま》く使いこなせていないから。俺がアンジェをどうしても欲しいと言っているのだから、彼は少しでもアンジェを大切にしている風を装って、俺に恩を売るべきだった。適当に連れて行け、と言わずに、これだけ大切にしている娘を嫁にやるのだから感謝しろ、くらいのスタンスで。そういう建前も使いこなせない人物だから、実の娘に素で怒ってしまい、アンジェの思い通りに動かされたのだろう。

父親の前で堂々と『もう帰らない』と宣言したアンジェの姿はとても尊く、美しいと思えた。

さて、ようやくアンジェを自分のところに連れて来れたわけだけど、本当に大変なのはこれからだ。

とりあえず、馬車に乗せるだけでも苦労した。

俺の家から歩ける距離とはいえ、ほとんど外に出ないアンジェをいきなり長時間動かすのは身体がつらいだろうと思い、家の馬車を呼んだ。しかし、人間を抱き上げたまま馬車に乗るのは、慣れないのもあってなかなか大変な作業だった。

「ふぅ。なんとか乗れたな」

「ごめん、なさい」

「いやいや、いいんだ。本当ならちゃんと乗り方を説明した方がいいんだけど、時間がなかったから」

馬車に二人でとなり同士で座り、そっとアンジェを抱き寄せると、俺に身体を預けてくれた。

「アンジェにとっては大変なことだと思うけど、これからはできることを増やせるように練習しよう。立って歩くこともそうだし、ごはんを食べたり着替えを選んだりできるようになろうな」

一般庶民のように家事や仕事ができるようにはならなくていい。でも、他の貴族令嬢がすることをできるようになった方が、アンジェの暮らしは楽しいものになると思うから。

「うん。がんばる。がんばるから、となりに、いてね?」

「もちろんだよ。アンジェに隣にいてほしいから、うちに来てもらったんだから」

これから彼女の世界はどんどん広がっていくのだろう。

アンジェが自分の力だけで生きていくのは難しいけれど、俺が彼女の目になってあげれば、もっともっと楽しく生きていけるから。

二人で手を取りあい、支えあって幸せな未来に向かっていけたらいい。

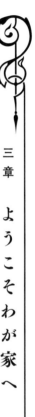

三章　ようこそわが家へ

俺《おれ》の家族構成は、両親と兄夫婦と妹だ。俺以外の人は全員母屋に住んでいて、俺もこの前まではそうだった。アンジェは表向き、結婚準備と婚家での花嫁修業としてうちの家に滞在することになっているのだけれど、実際の扱いは結婚とほとんど変わらない。

俺の男兄弟は兄上と俺の二人だけで、兄上が実家を継いで母屋をもらうから、俺には離れが与えられた。特別大きいわけではないけれど、使いやすい二階建ての家だ。俺がもう少し向上心の強い人間だったら、兄上の下で働いて一生を終えるのは嫌だと思ったかもしれない。実際、俺の友人でもそう言って騎士になったり商人になったりした人もいる。

でも、俺はそうしたいと思わなかった。幼い頃から兄上を支えて領地経営をしようと思っていたし。

そんなわけで、俺は安定してる代わりに特別なことは起こらない、ローリスクローリターンな人生を送ることになっている。これはアンジェと生活するのにはとても都合のいいことだと思うし、この選択をした過去の自分を褒《ほ》めたいくらいだ。身体《からだ》にハンデのある彼女にとって、毎日同じような生活を送れることや将来のビジョンがはっきり分かることは大切なことだと思うから。

家に着いた俺は、また四苦八苦しながらアンジェを馬車から降ろした。アンジェに頑張ろうって言ったけれど、俺も練習しないといけないことがいろいろあるなぁ……。

「アンジェ、着いたよ。ここが俺たちの家だ。離れをもらって準備をしているけど、先に母屋の両親と兄に挨拶《あいさつ》してくれるか？」

アンジェは柔らかな髪を揺らして、こくりと頷《うなず》く。

「あの、セトスさまの、ご両親は、どんな方、ですか？」

「そうだなぁ……別に普通の人だと思うけどな。父上は厳格な人だけど、社交界では愛妻家だと評判だし、母上は見てるこっちの気が抜けるくらいおっとりした人だ。おっとりというレベルじゃなくて……天然、かな？　兄上は父上をそのまま若くしたような見た目をしてるんだ。本当にそっくりだから、もし見えていたら笑っちゃうかもしれないくらい。でも、中身は母上に似ていて優しい人だよ。領主になるには少し覇気が足りないとも言われるけど。父上が言うには、優しく領民思いな兄上と、はっきりとものを言う俺とで、ちょうどいいバランスらしい。俺はあんまりそう思っていないけどね」

「わたし、あんまり、たくさんの人と、いっぺんに、会ったことないから、へんなこと、しちゃうかも。へんなら、言ってね？」

「大丈夫。みんなアンジェの目が見えないことも知ってるよ。細かいことを言う人もいないから、心配しないで」

「うん。がんばる」

先触れを出しておいたものの、父上は忙しいからまだいないだろうと予想していたのに、サロンに着いたら両親が揃《そろ》っていて驚いた。

「ようこそ、ミラドルト家へ」

父上がそう言ってアンジェを出迎えてくれた。

「ありがとう、ございます。よろしく、おねがいします」

たどたどしく返事をするアンジェ。

「まぁ！　可愛《かわい》らしい子じゃないの！　アンジェちゃん、こっちにおいで」

可愛いものが大好きな母上の琴線に触れたらしい。アンジェはそんなことを言われたことがないのか、かなり戸惑っているようだけれど。

「アンジェ、動かすよ」

声をかけてから、母上の隣に車椅子《くるまいす》を動かす。この家の最高権力者は母上だから、母上に気に入られた時点でもう安心だ。むしろお気に入りのものはなんでも構いたおす人だからそっちの心配があるくらいだ。

「わたしの、なまえは、アンジェ、です。目がみえません、でも、がんばって、いろんなことができるように、なろうと、思っています。よろしく、おねがいします」

父上と母上の方を向いてきちんと挨拶してから、うまくできた？　と問いかけるように俺の方を振り向いた。

後ろから攻撃を受けるまでだったけれど。

「アンジェちゃん、かわいいー！」

唐突に母がアンジェに抱きついた。アンジェからしたら本当にいきなりのことだから、めちゃくちゃびっくりしたみたいで、表情で俺に助けを求めてくる。

「母上、アンジェは見えてないんですから、いきなりそうやって抱きついたりしたら、びっくりしますよ。というか、母上は誰《だれ》にでもいきなり飛びつくのをやめてください。みんな驚きますから！」

「うん、とっても、びっくりした」

「あらあら、ごめんなさいね！」

テンションの高い母上に何を言っても通じないけれど、とりあえず言うだけは言っておく。

「リサ、もういいか？」

しびれを切らした父上が割って入った。

「ワシはアトラス・ミラドルト。今、失礼ながら抱きついたのは妻のリサトータだ。妻はこの通り少し変わったところがあるが、仲良くしてやってほしい」

「アンジェちゃんはもううちの子なんですもの。仲良くするのは当たり前ですよ！」

「そりゃあお前はそうだろうがなぁ……」

父上は呆《あき》れ返った表情だが、母上はそんなことは全《まった》く気にしていない。

「ありがとう、ございます。わたし、へんなこと、しちゃう、かも、しれない、けど、よろしく、おねがいします」

「いいのよ、何したって大丈夫！　それよりね、何して遊びましょう？」

こんな自由人に会ったことなどないアンジェは困惑を通り越しておどおどしてるけれど、父上は止める気がないらしい。

「母上、アンジェと遊ぶのは後からいくらでもできますから、先に兄上に挨拶してきてもいいですか？」

「……うーん、それもそうね。アンジェちゃん、終わったら私の部屋に来てね？」

「……はい」

母上の心理攻撃ともいえるテンションにあてられて、既《すで》にぐったりしているアンジェだが、まだ兄夫婦との挨拶があるんだ。まぁ、母よりはダメージは少ないだろう。


執事のジャスによると兄夫婦は私室にいるとのことなので、サロンを辞してそちらに向かう。

「アンジェ、大丈夫だったか？　母上はあんな感じの人だから、びっくりしただろう？」

「ぜんぜん、へいきです。わたしと、話してくれる、から、うれしい」

「それならよかった。あのテンションがしんどくなったらある程度流していいからな」

そうこう言っているうちに兄上の部屋に到着した。

「目の前が扉だから、ノックして」

足がギリギリ当たらないくらいまで扉に近づけたらアンジェでも手が届く。

コンコン
か細いながら、音が鳴った。

「どうぞー！」

明るい妹の声。なんでティアリスが兄上の部屋にいるんだ？

「失礼しますー」

兄弟仲はいい方だから、適当に声をかけて部屋に入る。

兄上は奥の執務机で書類を処理していて、義姉上《あねうえ》とティアリスがソファでお茶を飲んでいた。

「セトスお兄様がお嫁さんを連れてくるっていうから、待ってたのよ！」

少々乱雑にカップを置きつつ、ティアリスがはしゃいだ声をあげる。

「開口一番そのセリフか？　まずは挨拶しなさい」

「あはは、ごめんなさーい。ティアリス・ミラドルト、セトスお兄様の妹です。よろしくね！」

「アンジェ、です。目が、みえません、でも、がんばって、いろいろできる、ように、なります。よろしく、おねがいします」

「アンジェ、ごめん、先に兄上だった」

流れで挨拶してしまったが、次期当主を差し置いて妹に話しかけるとは、さすがに失礼すぎただろう。

「そうだよなぁ、おれ、忘れられてるよなぁ」

「すみませんね、兄上」

「おれはアスセス・ミラドルトで、こっちが妻のミリアーナ。よろしくなぁ」

義姉上が小豆《あずき》色の髪を揺らして軽く会釈《えしゃく》する。

「アンジェ、です。よろしく、おねがいします」

義姉上はかなりもの静かな人で、俺も話しているのをあまり聞いたことがないくらいだ。父上と俺は、母上があのテンションだから反動で大人《おとな》しいお嫁さんをもらったな、なんて言ってるけれど。

「ミリアーナ、アンジェちゃんは目が見えないそうだから、声に出さないと分からないんじゃないかなぁ?」

「はい、ミリアーナです。よろしくお願いします」

「よろしく、おねがいします」

そして訪れる沈黙。物静かと対人経験不足者だけだと会話はそりゃ持たないよな……。

しかし、その沈黙をぶった切るようなはしゃぎ声。

「今までお姉様って呼んでたけど、お姉様がふたりになったから、どうしよう? なんて呼べばいいかしら? すっごくうれしい悩みー!」

ああ、今だけはティアリスがいてよかった。

「別に深く考えなくても、前に名前をつけたらいいんじゃないか?」

「やっぱりそうよね! ミリアーナお姉様、アンジェお姉様! お忙しくても、私とも遊んでくださいね!」

この妹は、兄上とは違う方向で母上に似ている。兄上は掴《つか》みどころがない方で、妹は常にテンションが高すぎる。間にいる一般人である俺は疲れるからいつも適当に流しているんだが、疲れるものは疲れる。

しかも今回はアンジェの顔合わせだし。

「はい、わたし、今は、なんにもできないけど、できるように、なりたい、です。おしえて、ください」

「もちろんよー! 何して遊ぶ? そうだ、私の部屋においでよ!」

「残念だな。ティアよりも先に、母上の部屋で遊ぶことになってる。ティアは次の機会だ」

「そう。それならいいわ、私も一緒に母様のとこにいくから」

ティアリスは琥珀《こはく》色の瞳《ひとみ》をキラキラさせているが、このハイテンション二人にアンジェがついていけるのか？

「とりあえず、離れの部屋を紹介してからな」

「分かりました、私は母様の部屋で待ってますね！」

「いやぁ、ティアは行かない方がいいんじゃないかなぁ？　母上は一人占めしたい人だしなぁ。ティアも、母上との話が終わってから二人で遊んだらどうかなぁ？」

兄上、ナイスフォローー!!

「ええー、アスセスお兄様、私も一緒がいいですよー」

「それより、ティアはまだダンスの稽古《けいこ》があるだろう？　それを先にしたらどうかなぁ？　そうしたら、後でゆっくり遊べるだろう？」

「……分かりました。後で絶対に行きますからね！」

ティアリスは若干《じゃっかん》不機嫌ながらもダンスの稽古に向かった。

「ありがとうございます、兄上」

「ティアも喜んでる、よかったじゃないか。母上の相手はおれがしておくから、少しゆっくりしてから来たらどう？」

「ありがとう、ございます。あたらしい、おうちだから、たのしみです」

「そりゃあよかった。他所《よそ》と比べてもいい家だよ、もう自分の家なんだから、過ごしやすいようにしたらいいからねぇ」

「では、失礼します」

俺は軽く頭を下げてから、車椅子を動かすと、兄上は小さく手を振ってくれた。

「アンジェ、兄上が手を振ってくれてるから、振り返して」

「どういう、こと？」

「別れる時には、こうやって手を振って見せるんだ」

アンジェの手をとって、兄上の方に向けて振る。

まるで、母親に抱かれた赤ん坊がされるみたいに。

「ああ、ごめんねぇ、アンジェちゃん。習慣って怖いね。ぜんぜん意識してなかったよ。見えないんだからちゃんと言うべきだったねぇ。バイバイって」

「いいえ、義兄上《あにうえ》さま、わたしは、こういう習慣を、しりたいです。しってたら、みえてなくても、できるから」

「なるほどねぇ。アンジェちゃんは、そうやって勉強してるんだね。おれたちもなるべく協力するから、分からないことがあったら聞いてねぇ」

「兄上、ありがとうございます。じゃ、アンジェ、部屋を見にいこうか」

今度こそ車椅子を動かすと、兄上に向かって小さく手を振るアンジェ。もみじみたいな小さな手が揺れるのが可愛くてたまらなくて、振ってもらえる兄上がちょっとだけ羨《うらや》ましくなった。

＊

俺たちが住む所は、離れとか別棟とか呼ばれてるけど、普通の貴族家だ。

ミラドルト家は海沿いの領地だし、海や山の珍しいものを特産品としているから、代々海運貿易が盛んだ。その税計算の量が尋常でないせいで、領主一人ではとても捌《さば》ききれない。本来は次男以下は家にいてもあまり仕事がないけれど、うちの家では兄の補佐としての仕事がある。

別棟はそういう補佐の仕事をする人のためのものだから、結構大きくできているのだ。

「アンジェ、ここが俺たちの家だよ」

玄関アプローチには板を渡して段差をなくし、車椅子のまま上がれるようにしてある。

「ここが、あたらしい、おうち」

俺の方を振り向いて、笑ってくれるアンジェ。

「セトスさまと、ずっと、いっしょに、いられる？」

「うん。この家にずっといるかどうかは分からないけど、俺はずっとアンジェと一緒にいるから、心配しないで」

「ありがとう、ございます。だいすき」

天使のほほえみは、俺にはダメージが大きすぎる。

なんか俺の中のいろんなものが浄化されそうなくらい無垢《むく》な笑顔に癒《いや》された。

「ありがとう、俺も大好きだよ」

ゆっくり頭を撫《な》でてあげたらふわふわと笑ってくれた。

一階は入ってすぐに玄関ホールで、サロンが大小二つ、晩餐会《ばんさんかい》ができるダイニングがある、割とパブリックなスペース。そして二階が夫婦の寝室や子供部屋、書斎などがあるプライベートスペースになっている。

「寝室は二階なんだけど、アンジェは今はまだ上がれないだろう？　だから今は一階のサロンの片方を寝室にするように、ベッドを二台入れてある。アンジェが自分で歩けるようになって、二階に行けるようになったらまた変えてもいいし」

「ふつうは、二階が、じぶんのへや？」

「そうだな」

「それなら、上がれるように、がんばる」

「それも目標のひとつにしようか。ああそうだ、あとで目標を立てよう。全部いっぺんに練習したらアンジェが倒れちゃうからな。早くできるようになりたいことを先に練習するようにしような」

「わかった」

本来はお客さんが来たら一階のサロンで出迎えるのだけれど、しばらくはお客さんなんて来ないだろうと思ってプライベートスペースにしてしまっている。もし来たら母屋の部屋を貸してもらおう。

徐々に慣れてきた車椅子を押してリビングに入れると、侍女のイリーナが既に待機していた。その他にもこちらで手配した侍女が二人。

「この二人が今日からこちらの別棟に仕えてくれる、サシェとナティだ」

「「よろしくお願いいたします」」

ふたりの綺麗《きれい》に揃った声。よく訓練されている証《あかし》ではあるけど、今回の場合は逆効果だ。

「ごめん、なさい。被って、しまって、うまく、きこえなかったから、もういちど、ひとりずつ、おねがいします」

「申し訳ございませんでした。サシェでございます」

サシェは十七歳で、少し赤い髪で頬《ほお》にそばかすが散っている。

「今後は気をつけます。ナティでございます。よろしくお願いいたします」

ナティはサシェより年上で、十九歳。

色素の薄い人の多いこの国では珍しい黒目黒髪で、西方移民の系統だそうだ。

侍女としては若い方だが、今後アンジェの傍《そば》に仕える人間はあまり歳《とし》が違わない方がいいから若い人にしている。

二十八歳のイリーナが年上になる方が、指示出しなどの場面で何かと都合がいいし。

「最初はいろいろ不便なことも多いと思うから、何かあればすぐに言ってね。なるべく頑張ってアンジェが快適に暮らせるようにするから」

「だいじょうぶ、です。ほんとに、うれしい。ありがとう、ございます」

その間にサシェがお茶を淹《い》れてくれる。俺の前には普通に置いたけれどアンジェにはどうしたらいいか分からないようで困ってしまっている。

「イリーナ、普段アンジェがものを飲む時はどうしていた？」

「わたくしが飲ませて差し上げておりました」

「そうか。でもそれじゃあアンジェができるようにはならないから、練習しよう。とりあえず、カップを持ってみようか。持てる？」

サシエからカップを受け取り、アンジェに持たせてみる。さすがにこれくらいの重さであれば支障なく持てるようだった。

「うん、持つのは大丈夫だ。だけど、中身が熱いと零《こぼ》した時に火傷《やけど》してしまうな。水に替えてくれるか？」

「はい、かしこまりました」

サシエが素早く動いて水の入ったカップを持ってきてくれた。

「じゃあ、これに持ち替えて飲んでみようか。できるかな？」

恐るおそるカップを口元に近づけてゆっくりと傾けるが、少し零してしまった。

「ごめん、なさい。うまく、できなくて。汚して、しまいました」

「大丈夫。初めてのことは誰でも上手くできないよ。だから水に替えたんだし、少し拭けばいいだけだ」

「そっか。なら、よかった。もう一回」

「そうそう。アンジェは『もう一回』ってできるんだから。できないからやらない、って言う人は世の中案外多くてな。そういう人はできることが増えないままなんだ。できなくても『もう一回』やるのは大切だからな」

その後も、慎重に少しずつ飲もうと頑張る姿が愛《いと》おしい。何度か零してしまったが、飲み終わる頃にはなんとか零さずに飲めるようになった。

「よしよし、頑張ったな」

頭を撫でてあげると嬉《うれ》しそうに笑った。

「ほらね、わたしは、できそこない、じゃ、ないの。できた、でしょ?」

うん、めちゃくちゃ可愛いアンジェのドヤ顔。

改めて思う、マジで可愛い。というか、最初に見た頃よりも表情がハッキリ出るようになっているな。人と触れ合うことで、意図していなくても練習になってるみたいだ。

少し休憩してから母上のところへ連れていこうと思ってたんだが、どうもアンジェは限界っぽい。緊張が緩んだからか、かなり眠たそうに身体が揺れている。

「アンジェ、眠たいのか?」

「ううん。だいじょうぶ。お義母《かあ》さまの、ところに、いく」

「いやぁ、今度にしないか? ずっと家に一人だったのに、いきなり動いたから疲れただろう」

「だいじょうぶ、だよ?」

会話の間でも身体がゆらゆらしているし、呂律《ろれつ》もなんだかあやしい。

「今日は無理しないで、明日にしよう。サシェ、母上にそう伝えてきて」

「かしこまりました」

アンジェを隣の寝室に連れていき、抱き上げてベッドに寝かせる。もうその頃には寝息をたて始めていた。

………無理をさせてしまったな。

ただでさえ父親と話して神経を使っていたところに、夫の家族との面会があったら普通の人でも疲れるのは分かっていたことなのに。失礼にはなるが、兄上への挨拶は後日に回した方が良かったな。

少し考えれば分かったことなのに、その場の流れで行ってしまった。グジグジ考えていても仕方ないけれど、次からは気をつけないと。

でも、アンジェは家族と話していて楽しそうだった。彼女に家族のぬくもりとか、幸せを感じてもらえたらいいな。

＊

翌日。

俺が起きたら、隣のベッドで眠るアンジェの顔が真っ赤だった。

「アンジェ、大丈夫か!?」

慌《あわ》てて額に手を当てると、とても熱い。

「イリーナ、いるか!?」

イリーナとナティが飛んできた。

「身体がすごく熱いんだ。熱があるみたいで。たぶん昨日無理させすぎたせいだと思うんだけど。医者を呼ぼう、それから身体を冷やすものを持ってきて」

「旦那様、少し落ち着いてください」

イリーナに強めの口調で注意された。

「ごめん、でも」

「大丈夫です。ここは私たちにお任せいただいて、旦那様はお仕事の準備をなさってください」

「……分かった」

ナティは若いがしっかりした侍女だし、イリーナもいる。看病に自分が役立つとは思えないから、ここは彼女たちに任せるべきかな。それは分かっているけれど、アンジェが辛《つら》そうなのに放っておいて仕事に行くのは……。

とりあえず朝食を食べて、一旦職場に向かうことにした。

「イリーナ、とりあえず仕事に行くが、今は秋の報告も終わってあまり忙しくない時期だから、家でできる書類仕事を選べば帰ってこれると思う。少し時間がかかるかもしれないが、アンジェがもし起きたら俺がそのうち帰ってくると言っておいてくれ。昼までに戻《もど》れるようにする」

「かしこまりました。今お医者様をお呼びしておりますが、結果はご連絡した方がよろしいですか？」

「うーん……。じゃあ、お医者様の話を聞くまでいるよ。そんなに時間はかからないだろうし」

「アンジェ様は安心なさると思いますが、お仕事は大丈夫ですか？」

「大丈夫だから、いる」

そんな会話をしているうちにお医者様がやってきた。診断は、疲れすぎだろうとのこと。

今まで一日のほとんどを部屋の中で過ごしてきたのに、いきなり動き回っていろんな人に会って話したのだ。俺たちは普通にできることだから気にもしていなかったことだが、慣れないアンジェにとってはすごくストレスになってしまったようだ。

「分かりました。気をつけます」

「だが、あまり気をつけすぎて過保護になるのも良くない。あくまでもほどほどが大切じゃ。倒れるまで無理をするのはいかんが、多少無理をすることで体が鍛えられるからな」

重病ではないことが分かったところで、安心した俺は一旦職場に向かった。よほど俺が焦《あせ》っていたらしく、部下も無理に引き止めようとはしなかった。むしろ積極的に休ませようとしてくれて、書類も持って帰らなくていいと言ってくれたから、今日ばかりはそれに甘えようと思ってそのまま休みにして帰ってきた。

「アンジェは起きたか？」

「いえ、まだお目覚めにはなっておりません」

今はイリーナが付いているようだ。

「それなら、俺がここで仕事するから、下がってていいよ」

書類は職場に置いてきたが、家でできる作業もあるから、アンジェの隣でやろうかと思っていたのだが。

「失礼ですが、旦那様は看病をなさったことはありますか？」

「いや、ないが」

「それでしたらお任せするのは少し無理があるかと思います。家のことはお任せいただいて、お仕事をなさってください」

「いや、俺がやりたいんだ。もちろんイリーナに任せる部分もたくさんあるが、アンジェのことで俺ができることはしたい。わがままだと分かってはいるんだが」

はっ、と顔を上げたイリーナ。

「申し訳ございません。そこまでお嬢様のことを考えてくださっているのに、でしゃばったことを申しました」

手に持っていた桶《おけ》を俺に渡す。

「では、一つずつお伝えいたしますね。熱のある時はとにかく身体を冷やすことが大切ですので、こまめにタオルを濡《ぬ》らして、常に冷たいタオルが額にあるようにします。そして、汗はなるべくこまめに拭きます」

「なるほど。それくらいなら充分俺にもできる」

「さっそくお任せできますか」

タオルを絞って替えて、汗を拭《ぬぐ》う。至って簡単なことだが、欠かさずやることが大切だという。

「イリーナ、やることは分かったから下がっていていい」

一礼してイリーナが出ていくと、部屋の中には二人きり。朝は真っ赤な顔をしていて息が荒かったけれど、今は少し落ち着いてきているみたいだった。アンジェの面倒を見ながら合間に書類をこなしているうちに穏やかな寝息が聞こえるようになった。

アンジェが不意に手を上げて、何かを探すみたいにフラフラと動かした。

「アンジェ、起きたのか。どうした？」

宙をさまよう手のひらを握ってあげると少し表情が和《やわ》らいだ。

「セトス、さま？」

「ああ、そうだよ。大丈夫か？　身体は少しマシになった？」

「………わたし、なにしてた？」

「気づいてなかったのか。昨日の夕方に疲れて寝てから、ずっと寝ていたんだ。今日の朝には熱もあったし」

「それで、しんどかった」

「今は？」

「たぶん、だいじょうぶ」

「そうか。それでも、しばらくは大人しくしてような。何か飲むか？　水を飲まないと」

「だいじょうぶ」

「いや、大丈夫じゃないから。ちょっと待ってて、何か持ってくるから」

「……ぃや、セトスさま」

ぎゅっと手のひらに力を込めた。離れないで、と訴えるように。

「イリーナ！」

アンジェの手を握ったまま少し大きめの声で呼ぶとすぐにイリーナが来た。外で待機していたのかもしれない。

「いかがなさいましたか？　あっ、お嬢様、起きられたのですね！」

「砂糖水を持ってきてくれ」

「かしこまりました！」

ほとんど待つこともなく砂糖水が運ばれてきた。事前に準備していたのだろう。

「アンジェ、砂糖水だよ。飲めるかい？」

「のめる。ちょうだい」

「飲ませてあげるから口を開けて」

「じぶんで」

「今はダメ、病人なんだから。練習するのは治ってからね」

「……わかった」

少し納得いかない口ぶりだが、俺が譲らなそうなのを感じて諦《あきら》めたのか、素直に口を開いた。ほんのわずかにコップを傾けてアンジェの口に注ぐ。むせないように、少しずつしか飲めないから時間はかかったけれど、なんとかコップ一杯を飲み切った。

「まだ身体がだるいだろう？　栄養と水分は摂《と》ったから、もう少し寝なさい」

「……はぃ……」

大人しく寝るかと思いきや、まだ何か言いたげなアンジェ。

「どうした？」

言うまでだいぶ考えていたようだけれど、ぽつりと零れるように言った。

「……つぎ、おきたときにも、セトスさま、いてくれる？」

こてん、と首を傾《かし》げてそう尋ねる様は……。マジで天使。やっぱりアンジェは俺の天使だ。

「もちろん。ずっとアンジェの隣にいるから大丈夫。安心して寝て」

「……ありがと」

はにかむように微笑んで、俺の手を握ったまま、また彼女は眠りについた。

明日には元気になってるかな。

＊

次の日になると、アンジェの調子はよくなった。

「うん、熱もないし、治ってよかったな」

額に手を当てて熱がないのを確認して、一安心した。

「ごめん、なさい」

「謝らなくていい。むしろ俺が無理させすぎたせいだからさ。悪かった」

よしよしと頭を撫でると、擦《す》り寄ってきてくれる。

「今日は昼まで休みをもらってるから、二人でゆっくりしよう」

「はい、ありがとう、ございます」

朝日を浴びながら、ベッドの上でまどろむアンジェを眺めていると、とっても幸せな気分なんだが。

ぐるる
腹が鳴った。おい、俺の腹、もうちょっと空気読めよ！　せっかく楽しい時間なのに！

「セトスさま、おなか、すいた？」

「あはは、ごめん。朝だからね、お腹空《なか》いたよ」

「わたしはね、あんまり、おなか、すかないんだ。おなか、なったこと、ないから、おもしろい」

「お腹空かないのか!?」

「うん。おとといは、ちょっと、空いたけど」

「動かないからかなぁ。今は？」

「ちょっと、たべたい、かも」

「じゃあ、朝ごはんにしよう。たぶんイリーナが準備してくれてるだろうし」

部屋の隅に置いてあった車椅子を押してきて、アンジェのベッドの横につける。

「ベッドから立てる？　無理ならしなくていいんだけど」

「うーん……わからない、けど、やる」

「いやいや、昨日ぶっ倒れたところだしまだごはんも食べてないから、無理はしないでおこう。練習はあとで」

「だいじょうぶ。どうやるの？」

「じゃあ一回やってみるか。左側にちょっと転がってみて」

本当に恐るおそる動くアンジェ。

「落ちる前にちゃんと止めるから大丈夫だよ。あと三十センチくらい」

「んん？」

アンジェが動きを止める。

「どうした？　もうちょい動いて」

「三十せんちって、どのくらい？」

長さの感覚がないのは目が見えない人にとってはだいぶ不自由じゃないか？

「アンジェの手のひら二つぶんくらいかな。もうちょっと……ストップ」

「これくらいが、三十せんち」

「それもあとで教えてあげるから、まずは起き上がって」

少し支えてあげたら起き上がれたから、そのまま身体を動かしてベッドのふちに腰掛けるかたちにする。

「立てる？」

椅子から立つのはもう既に練習しているから、肘《ひじ》掛けがなくても俺の支えがあればできる。

「アンジェから見て右側に車椅子があるから、そっちが後ろになるように動くよ」

アンジェが頷いたのを肩で感じてからそっと動かす。俺は他の人を椅子に座らせるサポートなんてしたことないから本当に手探りだけど、それはアンジェも同じ。

二人で少しずつ、やりやすい方法を探すしかない。

「もう少し同じ方向に動いて。……そう。オーケー、そのまま座って」

支えたまま座らせてあげて、車椅子に座って安定したらふぅっと長く息を吐いた。

「大丈夫？　疲れていないか？」

「だいじょうぶ。つぎは、これも、れんしゅうする」

「そうだな、椅子から立つのも大切だけど、ベッドからも起き上がれるようになれたらいいな」

「うん。がんばる」

「あんまり頑張りすぎるなよ」

苦笑いしながらそう言うと、アンジェがしょんぼりしてしまった。

「ごめん、なさい。やりません」

「ああ、ごめん、違うんだ。アンジェが努力することはとてもいいことなんだよ。でも、頑張りすぎて倒れないか心配なんだ。それだけだから、アンジェはできる範囲で努力してほしいし、しちゃいけないとは絶対に言わないから」

我ながらめちゃくちゃ焦ってるな。言葉の選び方って大事だ。普段は表情から読み取ってもらえることが、アンジェには伝わらない。

「わかった。むりは、だめ。でも、がんばる。それで、いい？」

「そう、それが一番。無理したら途中でできなくなるから、毎日少しずつ積み重ねていくのが大切なんだよ」

「わかった！」

「よし、じゃあ朝ごはんだ！」

二人でダイニングに行くだけでちょっとしたイベントだった。毎日惰性《だせい》でしているような、ほとんど意識しない行動の一つひとつが、アンジェのおかげで新鮮に思える。

「イリーナ、おはよう」

「おはようございます、旦那様、お嬢様」

「おはよ」

ダイニングに行くと既に朝食の準備がされていた。テーブルの片側には椅子が置かれていないからそちら側にアンジェの車椅子を停めて、向かいに自分が座る。

座るとすぐにスープがサーブされた。アンジェの分はイリーナが持っていて、飲ませるつもりみたいだけど。

「アンジェ、飲ませてもらう？　それとも自分でする？」

「じぶんで」

当たり前のようにそう言うアンジェ。まあ、アンジェとしたら少しでも早く普通の生活を送れるようになりたいわけで、そう言うだろうと思って声をかけたんだが。

「じゃあイリーナ、普段置く場所に置いてあげて」

「はい」

ことりとテーブルの真ん中に置かれるスープカップ。

「申し訳ございません、ソーサーをお持ちいたします」

イリーナが飲ませるつもりだったから準備していなかったんだろう。なるべく俺と同じものを準備するように言っておかないといけないな。

「アンジェがどういうものを食べていたのかは知らないけど、ごはんを食べる時はだいたい先にスープが出てきて、それを飲み終わってからパンとかメインが出てくる。スープは普通、自分のド真ん前に置かれるし、右側が持ち手になるように置いてくれる」

「もちて？」

「ああ、ちょっと待って」

急いで自分のスープを飲み切ってしまう。

「これと同じ器だから、触ってみて」

アンジェに手渡すと、ぐりぐりと撫でまわす。

「おとといの、カップと、おんなじ」

「そうだね、だいたい温かいものが入ってる器にはそういうかたちの持ち手がついてるから、火傷しないように気をつけてね」

イリーナがソーサーを持って戻ってきていつものようにセッティングする。

「食器は上の方に当たると倒れることが多いから、テーブルの上をすべらせるようにして食器の場所を探した方がいいと思う。こうやって」

アンジェの手をとってテーブルの上をすべらせる。

「器が手に当たったのがわかる？」

アンジェの頷き。

「お皿がここにあったら、だいたいこれくらいの位置に持ち手がある」

アンジェの手を持ち手まで誘導する。

「おさら、さわっても、いい？」

「一旦カップをどけるから、触ってみて」

「うすいね」

「そう。その薄いのはスープが零れた時にテーブル全体に広がってしまわないようにするためにあるんだ」

「わかった。おいて」

「じゃ、一人でやってみてごらん」

俺が教えた通りにテーブルの上をすべらせ、ソーサーの位置を確認してからそっと持ち手を探す。

カシャン
持ち手の場所は分かったものの、上手く持つことができずにカップが浮いた。アンジェは慌てて手を引っ込めてしまう。

「大丈夫、零れてないよ」

「うん、もう一回」

引っ込めたことでまた場所が分からなくなったのか、最初からやり直す。

カシャン
また持ちそこねてしまった。でもさっきのように手を引っ込めはしなかった。

「零れてないよ」

「じゃあ、このあたりが、もちて？」

「そう。さっきから当たってるのが持ち手だから」

カシャン、カシャンと何度かカップを浮かしてしまったものの、ひっくり返してしまうことなく持ち手にたどり着いた。持ち上げて自分で飲んでみせ、得意げに笑うアンジェ。

「できた！　できた！」

全部飲み終われてテンションの高いアンジェはめちゃくちゃ可愛い。

「できた！」

子供のように喜びを全身で表現する。はしゃいだように足をバタバタさせるが、腕を動かさない気配りはできているようだ。

「よしよし、本当にアンジェは賢いなぁ」

自然と子供を褒めるみたいになってしまったけれど、アンジェは得意げだ。ただ、忘れてないか？

「そのカップ、ソーサーに戻せる？」

はた、と気づいた様子のアンジェ。たぶん、興奮している間にソーサーの場所は分からなくなっているだろう。

「今度は、右手はカップを持ってるから、左手でソーサーを探そう。さっきしたみたいに、テーブルの上をすべらせて？」

だいたいの場所は分かっているから見つけるのは早かった。

「お皿の真ん中に窪《くぼ》みがあるのが分かる？　カップをそこに置いてみて」

左手をソーサーに置いたまま、自分の手の位置を頼りにカップを置く。

「アンジェ、完璧だ！　すごいよ！」

最高級のドヤ顔アンジェ。

「できたよ、できた！　ね、イリーナも、みてた？　できた！」

「もちろん見ておりましたよ。本当にお嬢様は努力家でいらっしゃいます。イリーナは本当に嬉しいですよ」

泣きだしそうなほど喜んでいるイリーナ。

「本当にアンジェはすごいよ。目をつぶったままスープを飲むのは俺にだってできないよ」

「そうなの？　じゃあ、わたしは、すごい！」

「これを毎日していれば、そのうち場所の感覚にも慣れて、すっとカップを持てるようになるだろうから。毎日大変だけど、一緒に頑張ろうな」

「うん！」

普段の日なら家を出る時間だが、今日は昼まで休みをもらってるから、このままアンジェとのごはんを続けられる。

「スープが飲めるということは、お茶だって飲めるだろう？　今と同じ要領で。それならアンジェはもうお茶会くらいなら行けるんじゃないか？」

「おちゃかい！」

「お茶会に行ったことがあるのか？」

「ない。でも、たのしいんだって。かあさまと、ねえさまが、いくんだって」

「ああ、それで知ってるのか。女の人はお茶会が好きだからな」

「おちゃかい、いきたい」

「それなら母上に伝えておくよ。そのうち誘ってくれると思う。ただ、アンジェの身体はまだ万全じゃないから、少し先のことになるかもしれない」

「うん、ありがと！　たのしみにしてる！」

「では、続きのお食事にいたしますね」

アンジェに教えるために席を立っていたが、そう言われて席に戻る。

「イリーナは本当に嬉しゅうございますよ、お嬢様」

「えへへー」

俺の好きなふわふわの笑顔を見せるアンジェ。うん、アンジェはいつもその笑顔でいてほしい。

「今日のメニューは、パンと目玉焼きとサラダだけど、アンジェは食べ切れるか？」

こてん、と首を傾げる。

「メニューは同じものを準備いたしましたが、量はお嬢様が食べ切れるほどですので大丈夫かと思います」

「なるほど。じゃあ、アンジェが自分で食べてみようか」

コクコク頷くアンジェ。

「配置は、真ん中より左側にパン、右側に目玉焼きで、それより奥の真ん中にサラダがある。サラダは場所的に取りにくいからパンから食べてみたらどうかな」

アンジェが右手をすべらせると、最初に目玉焼きの皿に当たった。

「それは目玉焼きのお皿。それの左側だよ」

左手でパンの皿を探しあてた。

「これ?」

「そう。その真ん中にパンが一つのってるから、取ってみて」

手に取ってパクっとかじりつく。

「カンタンだよ。おいしい」

「うん、上手《じょうず》。パンを食べる時は一口分にちぎってから食べてね」

「わかった」

パンを二口くらい食べてから、さっきのスープと同じやり方でお皿の上に戻した。アンジェはだんだん慣れてきてるし、できるようになったことを別のことに応用することで、できることをどんどん増やしていっている。

「じゃあ次は目玉焼きを食べようか。さっき当たった右側のお皿」

「これ？」

「そうそう。その皿に目玉焼きがのってる。それより右側にフォークが置いてあるから探してみて」

テーブルの上のものを探す動作に徐々に慣れてきたようで、動きがスムーズになってきた。

「朝ごはんみたいに軽い食事の時には、フォークが右側にある。本格的な食事だと右側がナイフになるからね。そう、それがフォーク。触ってみて」

アンジェは、目が見えない分、触って物のかたちを感じるから、隅々まで撫でている。

「先のトゲトゲがあるのが分かる？　そこに食べ物を刺して食べるんだ。イリーナ、まだ切り分けるのは無理があるだろうから一口サイズに切って」

「……できない？」

「もうちょっとフォークの扱いに慣れてからにしたらどうかなと思ってるんだけど。やってみるか？」

「やる」

「それなら」

席を立ってアンジェの隣に立つ。

「左手をグーにしてから人差し指を出して。そう、食べ物はあんまり触らない方がいいから、俺がアンジェの指を持って目玉焼きのまわりをぐるっと一周させるから、どれくらいの大きさか感じて」

目玉焼きのふちに触れるか触れないかのところを一周させる。

「分かった？」

「もう一回」

もう一度同じことをしてあげると、サイズが感じられたようだ。

「わかった。たぶん」

左手を目玉焼きのふちに添えたまま、そこにフォークを持ってくる。物体との距離感が分からなくならないように、手を添えておくことを学んだみたいだ。

「んん？　ひとくちで、たべれる？」

「アンジェの口には入らない大きさだろ？　フォークで切れるんだが、たぶん今のアンジェには難しすぎると思う」

「………わかった」

ちょっと納得がいってなさそうだし自分でやりたいみたいだけれど、フォークの形を今日覚えた人にはちょっとハードルが高すぎる。目玉焼きをカットする間、場所を見失わないようにずっと左手を添えていた。

「切り分けし終わったよ。アンジェの左手の中指の先にあるから、そのあたりを狙って突き刺してみて」

ガツン
「いや、そんなに勢いつけなくても大丈夫だから」

しかも反動で目玉焼きが飛んでいっちゃったし。

「もうちょっとゆっくり、優しく刺してみて。フォークの先に何かが当たる感覚はあるかい？　それに目掛けて刺すんだ」

そろそろとフォークを動かして目玉焼きに突き刺す。上手く刺さってはいないけれど、フォークの一番端の一本にはギリギリ引っかかった。

「アンジェ、刺さってるよ！　そのまま口まで持っていったら食べれる」

ただ、ほんのちょっと引っかかっていただけだからペタリと落ちてしまった。

「ああ、おしい。もうちょっとだったよ」

「どこ、いった？」

「落ちたのはもういいから、次のを食べてみて」

そういうと、アンジェは目玉焼きの皿の上に手をすべらせた。

「アンジェ、食べ物を直接手で触るのはあんまり良くないことなんだ。だから、手でやってるのと同じようにフォークで探してみて。分かるかな？」

言いながら、自分も席に戻ってやってみる。

目を閉じてフォークの感覚だけで探すのは……うーん……。難しいな……。

俺は見てからやっているからなんとなく分かるけれど、目玉焼きの形が完璧にイメージできるようになっていないと難しい。案の定、アンジェも苦戦しているようだけれど、フォークをすべらせているうちに、一つ見つかった。それの側面を刺そうとしていたら、たまたま他のものに当たって止まったから、フォークの上にのせることができた。

「んん？　おもく、なった？」

「フォークの上にのっかったんだ。さっき触ったときに、棒の部分が四本あっただろう？　その四本が平らな皿みたいになってるから、その上にのったんだ。落とさないようにそっと食べてみて」

手をほとんど動かさずに口で迎えにいったら食べられた。

「んー！」

口の中にものが入ってるから上手く喋《しゃべ》れていないけれど、喜んでる。

「たべれたよ、たべれた！」

「うん、上手だよ。アンジェは本当になんでもできるなあ」

「そう！　できるの」

「美味《おい》しいかい？」

「おいしい！　おいしいよ。もう一回！」

そう言ってまた目玉焼きに挑むアンジェ。彼女の日常は困難だらけで大変なことが多いけれど、それと同じだけ、達成した時の嬉しさと喜びにも溢《あふ》れているんだと思う。


それから、時間はかかったものの、パンと目玉焼きの、アンジェ用に少なく提供された分は全て食べられた。

「アンジェ、自分で食べれたな」

「うん、おなか、いっぱい。つぎは、立つれんしゅう」

「アンジェは本当に努力家だな。一生懸命するのが苦にならないから、こんなにいろんなことができるようになってきてる」

「うん、がんばってる」

よしよし、と頭を撫でてあげると嬉しそうに笑った。

「いつもはどうやって練習してるんだ？」

最初の一回以降、俺はアンジェと一緒に練習ができていない。イリーナにやり方は教えたが、あの時よりも確実に筋力がついているし、その分やり方も変わっているだろう。

「いす、ひっぱって？」

立ちやすいくらいになるように、少し椅子を引いてあげると、自分でテーブルに手をついて立ち上がった。

「ね、ひとりで、立てるの。すごい、でしょ？」

「すごい、すごいよ。ついこの間まで俺と一緒じゃないと立てなかったのにな。アンジェはどんどん一人でなんでもできるようになってるな」

やがて、すとんと腰を下ろした。

「まいにち、やってるの。イリーナは、しんぱいして、よこに、いてくれる、けど、わたし、ちゃんと、できるんだよ？」

「イリーナも俺も、アンジェに怪我《けが》してほしくないから心配しちゃうんだよ」

そうやって他愛《たわい》ない話をしながら練習していると、正午を告げる鐘が鳴った。

「ごめんな、アンジェ。もう仕事に行く時間だから、あとはイリーナたちと頑張ってね。夕方の鐘が鳴る頃には帰ってくるから」

「うん。おしごとは、だいじ。ばいばい」

「いってきます」

手を振ってアンジェが見送ってくれるだけでめちゃくちゃやる気が出るな。

半休もらっちゃったし、午後からは頑張るぞー！

＊

「アンジェお姉様はいらっしゃいますかー？」

立つ練習で疲れた足をブラブラさせているところに、ティアリスが入ってきた。わざわざアンジェに会うために離れまで来てくれたのだ。

「いる」

「セトスお兄様がお仕事に行ったそうなので遊びに来ました。お姉様は何をするのがお好きですか？」

ティアリスは突然の訪問に驚くアンジェに構わず、話を進める。

「すき？」

「普段は何をしていらっしゃるのかな、と思いまして」

「ふだん……音とか、きいてる？」

「お姉様は、目が不自由な分、耳がとても良いと聞いています。音楽がお得意なんですね！」

「おんがく？」

「失礼ですが、口を挟ませていただきます」

二人の会話があまりにも噛《か》み合わないことを見かねたイリーナが間に入って解説する。

「アンジェお嬢様はご実家では廊下から漏れてくる会話を聞くなどしていらっしゃいました。特に音楽などはお聴きになっていなかったので……」

「あら、そうなの。それではお暇《ひま》でしょう？　これからお時間があるのなら、母屋へ来てピアノを聴きませんか？」

「ぴあの？」

「とっても楽しいんですよ？　私は幼い頃から嗜《たしな》みとして練習していたんですけれど、あまり楽しくなくて、サボってばかりだったんです。でも最近になって、少しずつですけれど、弾けるようになってきたんですよ。そうしたらなんだか楽しいと思えるようになってきました。今は『乙女の祈り』を練習してるので、聴きに来てくださいませんか？」

「たのしそう。いく。ロッシュ、待っててね」

ロッシュをイリーナに預けて、先程まで練習していたようにテーブルに手をついて立ち上がると、イリーナが車椅子に替えてくれる。

「ティアリスさまの、ぴあの、たのしみ」

「あら、私が妹なんですから、気軽にティアと呼んでください」

「わかった。ティア」

「そうです。お姉様には仲良くしてほしいんですからね。じゃあ、ピアノの部屋へ、レッツゴー！」

「ん。いってきますっ」

ロッシュの方ではないけれど、気分的にはロッシュへ向けて手を振る。自分がどこかへ行ける、「いってきます」と言える、というだけで既にアンジェはとても嬉しい。

ティアリスのテンションに若干ついていけていない部分もあるが、アンジェは基本的に好奇心旺盛なので未知のピアノが楽しみだった。この家ではお茶会や食事会の時に楽しめるように一階のサロンにピアノが置かれている。

大きな窓からはたっぷりと陽《ひ》の光が入ってきて暖かい。

「では、さっそく聴いてください！」

ティアリスの性格を表すかのような、派手だが柔らかい響き。アンジェはリズムをとるように身体を左右に揺らしながら聞き惚《ほ》れていた。

「すごい、とっても、きれい」

「ありがとうございます！ ちょっと間違えちゃったんですけど、結構上手く弾けました。お姉様も、ピアノを習ったらいいのに。一緒に連弾とかしてみたいですわ」

「ちょっとだけ、さわって、いい？」

「もちろんです！ 動かしますよ？」

ここまで来るのはイリーナが押していたが、それを見ていたティアリスは車椅子を軽く押してみた。

「すごいですね、この車椅子って。セトスお兄様が特別に作らせたものだと言っていましたが、私でも簡単に動かせますよ」

ピアノ椅子をどけて車椅子を停めて、アンジェの手を持って鍵盤《けんばん》に導く。

「ここに、こうやって音が出るところが並んでいるので軽く押してみてください」

アンジェが恐るおそる手を動かすと、ポーンと軽く音が鳴った。

「すごい。鳴った」

「ピアノは誰でも簡単に音が鳴らせますからね」

「これ、れんしゅうして、ティア、みたいに、なりたい」

「私みたいにって言ってくれたら照れますよぉ。一緒に練習して、上手になりましょう！」

「うん。やって、みたい」

アンジェが興味津々だから、ティアリスも楽しくなって教えてくれる。

「ここが真ん中の音の『ド』ですよ」

ポーン、と鳴った音をしっかりと聴く。

「うんうん」

「で、次が『レ』」

一つずつ、音名と共に鳴らしてくれるのを聴いて覚える。

「次から『ミ、ファ、ソ、ラ、シ』と続いて、『ド』に戻ります」

「なるほどね！」

「ここが『ド』ですよ」

アンジェの手を取って、親指でグッと押さえさせてくれると、ポーンと音が鳴った。

「わぁ、すごいね、カンタン！」

「でしょう？　ピアノの一番いいところは、簡単に音が鳴るところだと思うんですよ」

「それで、次は？」

「次の『レ』は人差し指でこうです」

「あ、なるほど。一個ずつならんでて、おとなりに動いていくんだね」

「そうです！　とってもカンタンでしょう？」

生まれて初めて触ったピアノに感動するアンジェを見て、ティアリスもなんだか嬉しそうだ。

「では、並びが分かったところで、何か曲を弾いてみましょうか。あ、でも楽譜が見えませんよね。どうしましょう」

「んー、ティア、一回、ひいてみてくれる？」

「よろしいですよ？　でも、それで分かりますか？」

「たぶん？　さっき弾いたのは、これよりも、音が多かったから、できないけど」

「え、分かるんですか？」

心底驚いた様子のティアリスの反応は普通のものだ。ピアノに触ったこともないのに、一度聞いただけで音階まで分かるとは思わないだろう。

「うん。ティアは、何か見ながら弾いてるの？」

「ええ。私は聴いても分かりませんからね。でも、聴いただけで分かるのでしたら、音階を全部お教えしましょうか。それなら、きっとすぐにアンジェお姉様一人でも弾けるようになりますよ！」

「んー、そうかなぁ」

アンジェからしたら、ティアリスですら難しいと言うことを自分ができるとは思えないのだけれど。

一通り音の並びを教えてもらって、軽く押さえてみる。

「ん、むずかしい」

何の音が必要かは分かるけれど、どこを押すのかがよく分からない。その上、アンジェの筋力ではまともに鍵盤を押さえることもできない。

「あとは慣れですからね。今日すぐにできるようになったら、むしろ私が辛いですよ？　一緒に頑張りましょう！」

「うん！　ティアに、教えてほしいの」

笑顔でそう言うアンジェは、できないことが駄目だとは全く思っていない。ティアリスにできても自分にできなくて当たり前。できないならできるまで頑張ればいい、それだけだ。

「とっても楽しみですわ！　でもピアノ以外の楽器をするのも楽しいですよ？　バイオリンとか、フルートとか、楽器はいろいろありますから」

「そう、なんだ。何するか、セトスさまに、きいてみる」

「お兄様に決めてもらいましょうか。私としてはピアノで連弾したいけど……。でも、バイオリンを習ってもらって二人で協奏曲を弾くのもしてみたいです！」

自分の身体が不自由なことを気にせずに接してくれる人は今までいなかったから、ティアリスと一緒にいるのは楽しかった。

「ティア、また、あそんでね？」

「もちろんですよ、お姉様！　今度は何して遊びますか？」


「なによ、二人だけで盛り上がっちゃって！　私も誘ってよぉー！」

「もう、母様、入ってくるならノックくらいしてくださいよ！　びっくりしたじゃない！」

突然部屋に入ってきた母に驚くティアリス。

「ノックしたわよ？　でも、誰も応《こた》えてくれなかったから」

「してた。ティアも、きこえてると、おもって」

当たり前のように言うが、母は驚かせようと思ってとても小さい音でしかノックしていないし、ピアノを弾いて盛り上がっていたのだから普通ならば聞こえるはずがない。

「ええっ、お姉様は聞こえてたんですか？　私は全然気づかなかったなぁ。やっぱりお姉様は耳がいいんですね！」

「うふふ。驚かせようと思って小さい音だったからね？　気づいたアンジェちゃんの方がすごいわよ。いえ、そんなことはどっちでもいいのよ！　ティアちゃんのピアノが終わったのなら、みんなでお茶会しない？」

「おちゃかい！」

「あら、アンジェちゃんはお茶会好き？」

「わからない、けど、したい」

「それはよかった。今日はお友達も来ないから、三人でゆっくりお茶しましょ」

その提案はアンジェにとっても面白《おもしろ》そうだし、新しい嫁と仲良くなろうという母と妹にはぴったり。

ティアリスも楽しそうにいろいろと考える。

「それならお庭でしましょうよ！」

「うーん、どうかしらねぇ……今日はお日様は暖かいんだけど北風が強いから、少し寒いんじゃないかしら？」

「やっぱりもう十一月だものね。カレン、厨房《ちゅうぼう》に行って、いい感じのお菓子をもらってきてちょうだい。アンジェお姉様の初めてのお茶会だから、とびきり美味しいのがいいわ！」

「そんな無理言わないの。厨房にも都合があるんだから。適当でいいから何か見繕《みつくろ》ってきて」

カレンはティアリス付きの侍女だけれど、ナティと同じくらいの歳《とし》で仲が良い。だからアンジェの様子も少しは分かっているから、アンジェが食べやすいようなお菓子を選んできてくれるだろう。リサトータやティアリスにとっては何気ない日常の会話だけれど、アンジェにとっては憧れだったのだ。

漏れ聞こえる会話を聞いて空想を膨らませていただけの場所に、自分がいるなんて夢みたいで。何を準備するのか具体的には分からないけど、ワクワクしながら二人の話を聞いている。

「お姉様、動かしますよ？」

ティアリスが車椅子を押して、応接セットの横、ソファのないお誕生日席のところに停める。用意されたのは美味しい紅茶とクッキーとマドレーヌ。お菓子はどちらも手に持って食べられるもので、お茶も飲める。アンジェも楽しめるように配慮されたお茶会になっていた。

「美味しそうなクッキーとマドレーヌね、アンジェちゃんは甘いものは好き？」

「すき、です」

「じゃあ紅茶にもお砂糖とミルクたっぷり入れる？」

「こうちゃ……わからない。サシェ？」

「はい、お砂糖二つとミルクをお願いいたします」

「女の子らしく甘党なのね。私と同じだわ」

「うふふ。おんなじ、ですね！」

義母と同じだと聞いてアンジェも嬉しくなった。

「失礼いたします」

普通ならば音を立てるのは失礼にあたるけれど、サシェはアンジェに分かるようにカタンと音を立ててカップを置いた。

「ありがと」

こくん、と頷いてからアンジェの手のひらが宙をさまよう。

「あれ、テーブル、どこ？　ちょっと、遠そうだったけど」

応接セットのテーブルはソファに座って飲みやすいように少し低くなっているけど、アンジェはそれを知らないみたいだった。

「お姉様、このテーブルはお食事の時のものより少し低いんです。ほら、ここです」

ティアリスがアンジェの手を持ってテーブルのふちまで誘導する。

「ああ、あった。ありがと」

右手でソーサーを見つけ、そろそろと指先だけでカップを探す。手の全体を動かすとソーサーの場所が分からなくなる上にカタカタと音を立ててしまうから。少しずつ指先を動かしてようやくカップの持ち手にたどり着き、ゆっくりと持ち上げる。ソーサーの場所を見失わないように、左手を添えたまま。

「アンジェちゃんすごいわね！　セトスには目が見えないって聞いていたけど……こうしていたら、普通の子ね」

普通、と言ってもらえるだけで、アンジェはとっても嬉しかった。自分は何もできないと思っていたのに、『普通』にできると認めてもらえた。

「やった。ありがとう、ございます。ふつう、に、なれた」

「アンジェちゃんは普通になりたいのね。今の感じじゃあ本当に普通の子よ。まるで見えてるみたい」

えへへ、と笑って紅茶に口をつけた。この場にいないセトスが悔しがりそうなくらいに可愛い笑顔で、イリーナは絶対にセトスに詳細な報告をしようと心に決めた。

ふわふわ笑うアンジェは、本当に嬉しかった。ピアノに触れたことも、憧れのお茶会に参加できて、セトスがいない中でちゃんと楽しめたことも、普通と言ってもらえたことも。

全部がとっても嬉しくてたまらなかった。

＊

「アンジェちゃんの趣味は何？」

リサトータに聞かれても、アンジェは上手く答えられなかった。さっきティアリスとも同じような話をして、自分のいつもしていたことがあまり普通ではないことが分かっているだけに、どう返事をするか迷ってしまうのだ。

「お姉様は、ご実家では一人で過ごされていたんですって。だから、趣味とかにはあまり詳《くわ》しくないみたい」

自分の言いたいことを代わりにティアリスが説明してくれて、コクコクと首を振って同意する。

「それなら、新しく好きなことを見つけないとね。何がいいかしら……？」

「私と一緒にピアノをするのよ！」

「そうね、見えなくてもピアノなら弾けるし、いいんじゃないかしら？　アンジェちゃんも、興味ある？」

ティアリスの勢いの良い宣言に義母も同意してくれて、アンジェはそれが嬉しくてこくりと頷く。

「音楽は、いろいろあるって、言ってたから、なにするか、かんがえたい」

「楽器の種類ねぇ……ピアノならティアと連弾できるでしょうし、ミリアーナちゃんはフルートが上手だから、管楽器をするのもいいんじゃない？」

「いいな、なにしよう？　かんがえるの、たのしい」

実家にいた頃のように、意味もなく空想を膨らませるのとは違う。次に何をしたいのか、具体的に考えることがこんなにも楽しいなんて知らなかった。

「何をするか考えるのは楽しいものよね。でも、別に一つだけにする必要はないんじゃない？　アンジェちゃんは、お裁縫とか読書は難しいんだから、その時間を音楽に使えばいいのよ。自分が楽しくできることから練習すれば、早く身につくしね」

「そっか。ひとつじゃなくて、いいんだ。なら、ティアといっしょに、ピアノしたい」

「あら、嬉しいわ！　それならさっそく練習しましょう！　基礎的なところなら私でも教えられますしね」

ティアリスも手を叩《たた》いて喜んでいるし、初めて仲良くなった同世代の子と遊べるのが嬉しい。

「しばらくはティアちゃんに教えてもらうのがいいでしょうね。アンジェちゃんの事情を理解できるような先生を探しておくわ」

「おねがい、します」

自分の『やること』が一つ増えて、セトスに褒めてもらえるようになろうと決意した。それを表すように膝の上でギュッと手を握る。

「ちょっとした思いつきなのだけど、お姉様は歌の練習とかもしたらいいんじゃないですか？　いつも話す時に少し詰まってしまいがちですし」

「うた……？　わたし、歌はできるよ！　じゆうの、とりは、おおぞらへ」

「あら、セトスに教えてもらったの？」

「うん」

初めて教えてもらった、特別な歌だ。

「歌は好き？」

「すき！　わたしでも、できるから。セトスさまが、じょうずって言ってくれたし」

「それなら、今からちょっと歌ってみましょうか。ティア、何か弾ける？　簡単なのでいいから」

リサトータの言葉を聞いて、すぐにティアリスが腰を上げる。楽譜を探して見比べる音を聞きながらアンジエは、そうやって曲を探しているのか、と思っていた。

「とりあえず『自由の鳥』でいい？　お姉様も知っているみたいですし」

「いいよー」

ティアリスの伴奏で、三人で歌う。幼児が歌うようなものだけれど、アンジェにとってはとても嬉しいことだった。自分が、誰かと楽しみを共有できるということ自体が嬉しくてたまらないのだ。

「アンジエちゃん、一言ずつ切るんじゃなくて、続けて歌ってみて」

「じゆうの、とりは」

「そうじゃなくて、『自由の』と『鳥は』の間で切らない方が自然に聞こえるわよ」

「じゆうのとりはおおぞらへ」

きちんと意識すればできるから、言われた通りにやってみる。

「そうそう。普段の会話でもなるべく続けて話す方が自然よ」

「わかり、ました」

「それも、『分かりました』って、続けて言ってみて」

「わかりました？」

「そうよ、その方が聞きやすいからね」

自分なりに頑張っているけれど、正しくできているのかどうか分からない。だから尋ねるような言い方になってしまうけれど、リサトータが満足そうに褒めてくれたから安心できた。

「がんばります。ちゃんと、できてなかったら、教えてください」

「ちょっと切れ気味だけど、上手く繋《つな》げられるように練習しましょうね」

「はい！」

また、自分の『やること』が増えて、アンジェは元気いっぱいの返事をするくらいに嬉しい。

「じゃあ、次は他の歌にしましょうか。アンジェちゃんは、何か知っている歌はある？」

「ない。『自由の鳥』だけ」

「ティア、何がいい？」

「簡単な曲だったら……」

女子三人でわいわい言い合いながら歌っていると、あっという間に時間が過ぎていった。

＊

「セトスさま、おかえりなさい！」

仕事は午後だけとはいえ、トラブル続きで疲れて家に帰ったら、アンジェがとびきりの笑顔で迎えてくれた。

「ただいま、今日は楽しかったか？」

「はい！　楽しかった！」

子供のようにバンザイして喜ぶアンジェがとても可愛い。

「それは良かった。何してたんだ？」

「ティアに、ピアノをひいて、もらって、お義母さまと、三人で、おちゃかいをした」

「お茶会したいって言ってたね」

「そう。したかったの。ちゃんと、お義母さまに、『普通』って、言ってもらえたの！」

嬉しそうなアンジェを見ていると、こちらまで嬉しい気持ちになれた。

「失敗せずに飲めたのか？」

「あさ、スープ、のんだみたいに、うまくできた」

「練習しておいて良かったな」

ぽんぽんと頭を撫でて褒めてあげると、アンジェは満足そうに擦り寄ってきた。

「あとね、れんしゅうちゅう、なんだけど、うまく、話せてる？」

「ん？　どういうこと？」

「わたし、話すときに、きれてるんだって。だから、ちょっとずつ、つづけて、話せるように、って」

「ああ、そういうこと。確かにアンジェは話す時に一言ずつ区切る癖があるからな。ちょっとだけどいつもより長くなってるよ。気をつけるだけで上手になるから、少しずつ頑張ろう」

頭を撫でていた手を離すと、逆にアンジェがこちらに手を伸ばしてきた。

「ん？　どうした？」

「セトスさまは？」

「俺か？　俺は……別に聞いてて楽しいようなことはなかったけど」

「話しちゃ、いけない？」

寂しそうな顔のアンジェは珍しくて、悪いと思いつつもそんな彼女も可愛らしいなんて思ってしまう。

「いや、そういうわけじゃないが」

「それなら、知りたいな。セトスさまが、何してるのか」

「これからアンジェも家のことに関わることが増えるだろうし、知ってた方がいいこともあるな。ちょっと着替えてくるから、待っててくれるか？」

コクリと頷くのを見てから二階の自室へ行き、着替えてくると、アンジェは車椅子からソファに座り直していた。

「こっちの、ほうが、セトスさまと、近いから」

ふうわりと笑うアンジェを抱きしめて、幸せな気分に浸る。

「わたしのこと、セトスさまは、しってるでしょ？　ぜんぶ。でも、わたし、セトスさまのこと、しらないから。おしえて？」

アンジェの身体の不自由を気にかけるのが精一杯で、俺のことをアンジェに説明していないことに全く気づいていなかった。それに、アンジェが自分以外のことに興味を持てるくらいになってくれたってことの証でもあると思う。

「俺の普段の仕事は……」

俺は大して変わった仕事をしているわけでもないから聞いていて面白いこともないと思うが、そんな話でもアンジェは熱心に聞いてくれていたのだった。


ひとしきり俺の仕事の話を聞いたアンジェは楽しかったようで、今度は自分の話を始めた。

「そうだ、ティアと、いっしょに、楽器をやろう、って、言われたの。なにが、いいと、おもう？」

「楽器か、そうだなぁ……ティアとやるならピアノか？」

「ピアノか、フルート」

「そうか、ミリアーナさんと一緒にするなら管楽器もありだな。でもアンジェには肺活量が足りないからちょっと無理があるかなぁ？　訓練にはなりそうだけど」

「はいかつりょう？」

「どれくらい息を吹けるかってこと。アンジェはあんまり運動してないし、体力もないからね。管楽器は結構な体力がいるらしいから、ピアノか弦楽器にしておいた方が無難かもな」

「そういうもの？　分からない、けど」

「先生がいるかどうかもわからないからね、ちょっと母上に聞いてくるよ」

ソファから立ち上がると、不意に服の裾を掴まれた。

「わたしも、いく」

＊

アンジェを車椅子に乗せて母上の部屋までやってきた。

「アンジェ、ノックして」

ノックくらい俺がした方が早いんだけど、車椅子をめいっぱいドアに寄せてアンジェにしてもらう。

コンコン
軽い音が響くと、母上付きの侍女が顔を出し、母に繋いでくれた。

「あら、アンジェちゃん。いらっしゃい」

「俺は無視ですか？」

あまりにもキレイに無視するものだから、冗談気味に言ってみた。

「男はいいのよ、男は。成人した男なんてつまらないもの。それに引き換えアンジェちゃんは、可愛いからね？」

「はいはい。母上の希望通り、アンジェの話ですから」

「そうなの？　それなら早く言ってよ。中へ入って」

「俺の扱いが雑ですねぇ」

軽口を叩きながら中へ入り、ダイニングテーブルの椅子を一つどけてそこに車椅子を停める。

「セトスさま、お義母さまと、仲いい？」

「ん？　なんで？」

「たぶん、仲いい。けど、ちょっとだけ、ちがうかも」

アンジェの身体が不安そうにゆらゆらと揺れている。

「ああ、冗談ばっかり言ってるからか。心配しなくても、仲は良いよ。こんなふうに面と向かって言い合えるのは仲がいいからこそだと思う」

「そういう、もの？」

「そういうもの。アンジェに心配かけるなら、やめた方がいいかなぁ」

冗談ではあるけれど、アンジェに心配させたいわけではないからそう言ったら。

「わかった、から、いい」

納得がいったようで、アンジェがこくこくと頷く。

「こういう人間関係のニュアンスもちょっとずつ覚えてね。いつか、社交場へ行った時には必要になると思うから」

「あらセトス。アンジェちゃんを社交場へ連れていくつもりなの？」

「ええ、そうですよ」

「それならアンジェちゃんにはだいぶ頑張ってもらわないとね」

アンジェよりも、母上の方が不安そうだ。幼少期からの教育が丸々不足しているのに社交場へ連れ出すのは大変だということは分かっている。それでも、アンジェの能力があればできるようになると俺は思っている。

「とりあえずは興味のあるところからということで、音楽系をやりたいみたいなんですが、いい先生を知っていますか？」

「さっきティアちゃんと三人で話していたんだけれど、しばらく基礎ができるまではティアちゃんに教えてもらったらどうかなって」

「確かに、その方が安心ですね。アンジェは、それでいい？」

もしかして、母上とティアリスの二人だけで話が進んでいるのではないかと思ってアンジェにも確認してみる。

「うん。さいしょは、ティアといっしょに、ピアノ。それから、げんを、やりたい」

「アンジェちゃんは弦楽器が好きなの？」

「ミリアーナ、さんの、フルートは、むりだって。でも、弦なら、できるかも」

「そうねぇ。アンジェちゃんは身体も小さいし、管楽器を上手く吹くのは難しいかもね。じゃあとりあえずはピアノで、ヴァイオリンかハープの先生を探しておくわ」

母上の人脈があれば先生はすぐに見つかるだろう。ピアノが上手く弾けるようになった頃に、また新しい楽器に挑戦したらいい。

「母上、ありがとうございます。良かったな、アンジェ。何でも、努力した分上手くなるから、頑張って」

「うん、がんばる！　ティアみたいに、弾けるように、なったら、セトスさま、聴いてね？」

「楽しみにしてるよ」

新しいことを学べる期待に胸を膨らませるアンジェは本当に可愛い。

「じゃあ、明日から、ティアちゃんと時間を合わせて教えてもらったらいいわ。私でもいいしね」

「よろしくお願いします」

アンジェよりも楽しそうな母に暇を告げて、離れに帰る。

母屋の玄関から出ると、大きな満月に照らされた。

「わたしね、おちゃかいって、何するものか、知らなかったの。ことばだけ知ってて、なにするかは、ぜんぜん。でもね、今日、わかった。みんなで、あつまって、おしゃべりする。わたしが、おもってたより、たのしかった」

「そうやってアンジェの世界が広がってくれたら俺も嬉しいよ。自分の好きなことを探してどんどん挑戦してほしいな」

「すきなことは、ピアノと、おちゃかい。でもね、知らないこと、すると、つかれるの。今日は、セトスさまが、帰ってくるまで、ちょっとだけ、おひるねしてたよ。イリーナが、した方がいいって、言うから」

「俺だって知らないこととか慣れないことをしたら疲れるよ。でも、疲れたってことは体力がついたってことだから、アンジェが強くなれたってことなんだよ」

労《いた》わるようにそっと頬を撫でると、アンジェは嬉しそうにふうわりと笑った。

「わたし、つよく、なれた？」

「そうそう。ちょっとずつ慣れていけばいいしね」

「わたし、つよく、なりたいの。セトスさまみたいに。セトスさまと、おんなじくらい、いろんなこと、できるようになりたい」

アンジェは、本当に強い人だと思う。

目標に向かって突き進むにはすごくたくさんのエネルギーがいる。俺も含めて普通の人はそれが嫌になってやめてしまうことも多いのに、アンジェはまっすぐ進んでいける強さを持ってるんだ。

「いつか、俺と一緒に仕事ができるようになったらいいな」

「いいな、じゃないの。なるの。立てるようになったし、ごはんを、たべれる、ようにもなった。がんばれば、できるんだよ。できそこない、じゃ、ないから」

「そうだな。一緒に頑張ろう」

「がんばる、から、みててね？　ぜったいだよ？」

「ああ、絶対、隣にいる。約束だ」


この日、満月の下で交わした約束を、俺は生涯忘れない。

四章　彼女に求めること

家に帰った頃には、もう晩ごはんの時間だった。

ダイニングテーブルの椅子《いす》をどけてあるところに車椅子を停め、向かいに座る。

「今日のメニューは白身魚のフライか。美味《おい》しそうだな」

アンジェの分はひと口サイズで揚げてあるから、切らずにそのままフォークで突き刺して食べられるようになっていた。朝ごはんの時にサラダは食べられなかったのでテリーヌにされていて、アンジェが一人で食べられるように工夫されていた。

フォークが皿の上を滑り、食べ物の形を探る。ぷすりと突き刺して口に運び、もぐもぐと食べた。

「おいしい」

ふうわりと笑うアンジェはとっても可愛《かわい》いし、彼女が自分で食事ができるようになったことが嬉《うれ》しかった。

＊

食事が終わり、アンジェを抱きかかえてリビングのソファに移動する。ごはんの間は汚さないようソファで待たせていたロッシュを抱えさせてあげた。

「今日は、がんばったから、ごほうび？」

未《いま》だにアンジェの中では抱っこはご褒美《ほうび》扱いらしい。

「そうだよ。一日頑張ったね」

別にご褒美じゃなくてもしてあげたいけど、一日アンジェが頑張ったのは事実だし、ご褒美だということにしておく。

「アンジェは何ができるようになりたいとか、ある？　あるのならできるだけ叶《かな》えてあげたいんだけど」

今までは必要最低限のことを練習していたから俺《おれ》が勝手に決めていたけれど、できることが少しずつ増えると共にアンジェの意思が重要になってくる。

「したい、こと……？　そうだ、お義母《かあ》さまに、ことばを、れんしゅうしたらって、言われた」

「言葉？」

「切れてるから、って」

「さっきもそんなことを言っていたな。これぱかりは慣れだと思うんだけど、少し練習してみようか」

新しいことをできるからか、わくわく顔のアンジェ。何をしても楽しんでくれるから、俺としても教えていいて楽しい。

「俺が適当に質問するから、喋《しゃべ》り始める前に何を話すか考えて、切らないようにして言ってみて」

こくこく。

アンジェの返事の仕方は可愛いんだけど、俺は良くても公《おおやけ》の場でこの返事はマズい。

「返事はなるべく声に出してね」

「ごめん、なさい。わかった」

「切れてるよ。ごめんなさいって、ひと息に言ってみて」

「ごめんなさい？　あってる？」

アンジェが不安げに俺の反応を窺《うかが》う。

「そう。アンジェはできないわけじゃなくて慣れてないだけだから。ちょっとずつ練習な」

「わかった」

「じゃ、一つ目。自己紹介してみてください。名前と、好きなことを言ってみて」

「……わたしの名前はアンジェです。好きなことはピアノとおちゃかいです」

パチパチパチ、と拍手する。

「いいよ、上手《うま》く言えてる」

つられたようにアンジェもパチパチと手を叩《たた》く。

「これ、なに？　なんで、叩くの？」

「あっ、そうか、知らないんだ。誰《だれ》かを褒《ほ》めたりすごいねって言う時にするんだ」

「なるほど。じゃあ、もう一回」

納得したら、やはり『もう一回』が始まる。何度でもやり直して練習できるのが、彼女のいいところだ。

「次は、何をしたいのか言ってみようか」

「……したいこと。ティアみたいに、ピアノが弾けるように、なりたいです。じぶんで、歩けるように、なりたいです」

「いいよ。『なりたいです』の前に一拍空いちゃうから、そこに気をつけてもう一回」

「ティアみたいにピアノが弾けるようになりたいです。できてる？」

軽く首を傾《かし》げる動作はアンジェがよくするけれど、何度見ても可愛い。

「できてる、できてるよ。感覚は分かった？」

「ちょっとだけピアノが弾けるようになりたいです。ピアノが弾けるようになりたいです」

ちょっと俯《うつむ》き加減で呪文を唱えるように言うアンジェ。

「これに関係あるかどうかは分からないけど、早口言葉っていうのがあって」

「どんな？」

「あかまきがみあおまきがみきまきがみ」

「なんて？」

よほど分からなかったのか、アンジェは身体《からだ》ごと倒すように首を傾げた。

「俺もあんまり上手くは言えないんだけど、赤巻紙、青巻紙、黄巻紙、って。『まきがみ』は、くるくる巻いてある紙ってことね」

「あかまきゅ……ちがう。あきゃまきゅ……ちがう、よね？」

「言えない人は結構多いからな。俺は昔趣味で練習したことがあるからちょっと言えるだけで」

「セトスさまは、早口言葉、すき？」

「今はあんまりやらないけど一時期ハマっててね」

俺が好きだと言っただけで、アンジェは俄然《がぜん》やる気になったようだ。

「なら、れんしゅうする。あきゃまきゅがみ、あよまきまき……？」

「まきまきになってるよ」

「うう……むずかしい。もう一回」

それからしばらくずっと赤巻紙を連呼しているアンジェを眺めていた。続けて話す練習になるかどうかはちょっと微妙、というかならなそうだけど……。

楽しそうだから、いいか。

「あかまきゅがむ……うぅーん、もう一回」

少し顔を上気させて必死に言葉を連ねるアンジェはめちゃくちゃ可愛くて、美味しい紅茶を飲みながらアンジェを見ているのはとても幸せな時間だった。

＊

それから数日、アンジェはずっとピアノの前に座っていた。母屋のサロンは防音が効いてるから、そこに入り浸《いびた》ってティアと母から代わるがわる教えてもらってるらしい。その熱意はティアがちょっと引くくらいのもので。

「アンジェお姉様は、すごく熱心にピアノの練習をしてらっしゃいますよ。お兄様が仕事に行ってる間、ずっと。とっても上手《じょうず》になるのが早くて、私がすぐに追い抜かれちゃいそうなんです」

アンジェは、今まで自分で何かを表現することができなかった。文字の読み書きはできないし、上手く話すことも難しい。でも、ピアノなら見えていなくても、音と指先の感覚を頼りに弾けるのだ。アンジェは生まれて初めて、他の人と同じようにできることを見つけたのだった。

「セトスさま、わたし、ちょっとだけ、ピアノがじょうずに、なりました。もっともっと、じょうずになったら、聴いてね」

「ティアからも聞いてるよ。頑張って練習してるんだってね。音楽だけじゃなくてなんでも、練習すればした分上手くなるから、頑張って。練習中の曲でもいいから、聴かせてほしいな」

「聴いて、くれる？」

「もちろん」

可愛いアンジェが俺のためだけに弾いてくれるというのは楽しみでしかない。

「あした、やすみ？」

「ちょっと朝から出かけるけど、昼前には戻《もど》ってこれると思う」

「じゃあ、あしたね。帰ってきたら、ピアノのへやに、きて」

「ありがとう。楽しみにしてる」

えへへ、とちょっと照れたように笑うアンジェが可愛かった。


翌日。

用事をとっとと終わらせて家に帰り、サロンに行くと綺麗《きれい》なピアノの音が流れていた。俺がドアを開ける前にピアノの音が止まってしまったのがちょっと残念だったけど。

「セトスさま、おかえりなさい！」

なかなか見られないくらいの笑顔で、アンジェが迎えてくれた。ピアノが、本当に楽しくて仕方ないのだろう。

……毎日このアンジェとピアノの練習をしている母とティアが少し羨《うらや》ましい。

「ただいま。練習は上手く進んでる？」

「うん！　いっぱい、おしえてもらってる」

「よかったな。ティアも、ありがとう」

「いえいえ。お姉様は覚えるのが早いですから、教えていても楽しいですよ？　もう少ししたら簡単な曲で連弾できそうですから、楽しみです！」

「そう言ってくれるなら、良かった。頼むな」

ティアの頭をぽんぽんと撫《な》でてやると、ちょっと嬉しそうにしてくれたものの、困惑気味だった。

アンジェが喜んでくれるからよくやるが、ティアにしたら子供でもないのに、と思ったんだろう。

まあ、それは置いておいて。

「じゃあ練習の成果を聴かせてもらおうかな」

ちょうど昼前で小腹も空いているし、お茶とお菓子を食べながらアンジェの演奏を聴くのは至福の時だった。さすがに練習を始めて数日だから、ミスも多いし簡単な曲ばかりだけど、俺が知ってる曲も多くてとても楽しかった。でも、アンジェは納得できていないようで。

「ううー、しっぱい、多かった」

「やっぱり誰かが見てると思うだけで少し緊張してミスが増えますからね」

ティアリスがそう言って慰めてくれるが、アンジェはやはり納得がいかないようだ。

「セトスさまに、じょうずなとこ、見せたいのに」

「上手く弾こうとか、ミスしないように、って思えば思うほど失敗が増えるんですよ」

アンジェは人に慣れていないし、誰かの前で何かをしてみせるのは初めてだから、普通よりも緊張してしまうのだろう。

「別に俺はアンジェが上手に弾くのを見たいんじゃないから、そんなに緊張しなくて大丈夫だよ。普通に練習してて」

「……うん、わかった」

ちょっと不思議そうな顔をされたけれど、そのまま練習に戻った。ティアリスが一度手本として弾いてからそれを真似《まね》て弾くのを繰り返す。アンジェは読み書きができず、記録として残せない代わりに記憶力がとてもいい。全てを覚えるのが当たり前だから、その能力が上がったんだろう。

昼過ぎまでそうして二人の楽しそうな練習風景を眺めていた。

「私は一旦お昼ごはんを食べてきますね」

そう言ってティアリスが部屋を出ると、

「はーい。待ってるね」

一緒にごはんを食べようと思って待っていたんだけど、アンジェはまだ食べないようだ。

「アンジェはお昼ごはんを食べないのか？」

「あんまり、おなか、すかないから。今までも、おひる、たべたことなかったし」

「そりゃあ、今まではほとんど動いていなかったから、お昼ごはんを食べなくても大丈夫だったかもしれないけど、今はピアノ弾いたりしてるんだから、しっかり食べないと弱るぞ？」

「でも、ピアノ、ひきたい」

「それはダメ。ごはん食べないなら練習もなし」

「えぇー……わかった、たべます」

渋るアンジェを半ば引きずるようにして、ピアノの前から別棟のダイニングに連れていく。

「あら、今日はお嬢様もお昼をお召し上がりになりますか？」

出迎えたイリーナは少し驚いていた。

「だよね？　やっぱり、ごはん、いらないよ」

「ダメだって言ってるだろう？　動いた分、食べないと身体に筋肉がつかないよ」

「いいもん。ピアノは、弾けるから」

子供かっ！　とツッコミそうになったけど、アンジェの思考回路は結構子供に近いのを忘れていた。

自己管理なんてできないし、しようと思ったことすらないだろう。

「イリーナ、これからは毎日きちんと昼も食べさせるように」

「かしこまりました」

食べたくないとダダを捏《こ》ねていたアンジェだが、テーブルにつかせると案外食べた。

「お腹《なか》が空いてなかったとしても、ちゃんと食べないといろんなことができるようにならないよ？」

「ピアノ、たのしいから」

「アンジェがピアノにハマってるのも分かるし、すごく楽しいんだろうな、とも思う。でも、俺は他のこともできるようになってほしい」

「ほかのこと？」

「立つ練習がちょっと疎《おろそ》かになってるみたいだし」

ちょっと、バツが悪そうに下を向いた。

「全部を完璧にするのは無理だと思うよ。人間なんだし。でも、俺はアンジェと一緒にピクニックに行ったり、カフェでケーキを食べたりしたい。このままだったら、アンジェはピアノがあったら俺なんて要らなくなりそうだし」

「そんなことない！」

慌《あわ》てたようにアンジェが叫んだ。今までに聞いたことがないくらいの大声に、少し驚いた。

「ごめん、なさい。れんしゅう、ちゃんと、します。ピアノは、やりません」

しゅん、と項垂《うなだ》れるアンジェ。

「ごめん、言いすぎた。アンジェに、ピアノをしてほしくないなんてことは、絶対にない。ピアノの練習はしてほしいんだ。でも、そればっかりではダメだってこと。ずっと練習に付き合ってくれてるティアにだってやることはあるんだしね」

「うん……ごめん、なさい」

「謝らなくていいんだよ。アンジェは知らなかっただけなんだから。これからいろんなことを学べばいい」

こくこく頷《うなず》くアンジェはちょっと安心してくれたみたいで、さっきまでのような引《ひ》き攣《つ》った表情ではなかった。

「時間を決めて、何を練習するのか考えような」

「きめたら、ピアノ、しても、いい？」

「もちろんだよ。俺の言い方も悪かったから。ごめんな。何かに一生懸命になれることはアンジェの良いところだと思うから、ピアノも頑張ってほしい。けど、俺はアンジェと一緒に出かけたいから、歩けるように練習してほしいんだ」

「わかり、ました！　がんばる！」

今回は俺の言葉の選び方がアンジェを傷つけてしまったな。反省。でも、俺の思いは分かってもらえたし、機嫌を直してパンを食べているから、いいとしよう。

「じゃあ、お昼からは、あるく、れんしゅうね？」

ふわふわの笑顔でそう提案してくれた。

＊

「イリーナ、ティアに、セトスさまと、あそぶから、ピアノしないって、言ってきて」

ふわふわ笑うアンジェはすっかり機嫌を直してくれていて一安心。

「毎日立つ練習はしてるけど、どれくらい歩けるんだ？」

素直な疑問を聞いてみると、アンジェはこてんと首を傾げた。

「んー？　わからない」

「やったことないのか。じゃ、やってみよう」

いつも食卓につく時にはテーブルに手をついて車椅子から立って、ダイニングの椅子と入れ替えてから座ってる。だから、少なくとも何かに掴《つか》まれば立てるし、少しの間であれば自立していられると思う。

「椅子、動かすよ？　右向きにちょっと回すから」

歩くには一旦俺に掴まってもらわないと無理だから、とりあえず椅子の向きを替えて俺の方を向かせる。ぎゅっ、と椅子の肘《ひじ》掛けを握りしめる指先さえも可愛い。

「一回、自分で立ってみて」

アンジェの手を持ってそう言うと、ぐっと俺を掴む手のひらに力が入った。少し引っ張るようにして立たせると、得意げなアンジェ。

「これは、いつもしてる。ひとりは、むりだけど、つかまったら、立てるの」

「ちょっと手を離してみようか」

俺の予想では、自力で立つよりも立ち上がる方が筋力が要りそうだから、もしかしたらアンジェはもう自力で立てるんじゃないかと思っている。

そんな予想に反して。

「それは、むり、です。ひとりは、ダメ」

アンジェはひどく怯《おび》えた。

「どうしてもできない？」

こくこくと頷く。表情は少し青ざめているようにも見えるし、何より酷《ひど》く怯えている。このまま無理に立たせることはできないだろう。

「じゃあ片手、離してみよう。今のアンジェは右手の方に力が入ってるから、左手は離しても大丈夫だと思う。もし無理でも、絶対に支えるから」

そろそろと慎重に左手を離す。

「あっ、だいじょうぶ、だった」

本当に意外だというように言うアンジェは、自分の筋力が増えていることに気づいていなかったよう。

「できただろう？　アンジェは自分が思ってるよりできるようになってるのかもしれないな。毎日立つ練習をしてるから」

「そう、かも」

「絶対に俺が支えるから、右手も離してみようか」

さっき左手を離した時の倍くらいの時間をかけて、ゆっくりと手を離した。

「立てた、自分だけで……！　立てた、立てるんだよ！」

とてもとても嬉しそうなアンジェは興奮で舞い上がってしまっていて、自分の身体を上手く制御できていない。すぐにバランスを崩したように倒れかけてしまったから、慌てて支えた。

「アンジェはもう一人で立てるじゃないか。本当に頑張ったんだな」

今も、俺はバランスを崩さないように肩の辺りを少し支えているだけで、アンジェは自力で立っている。

「うん、がんばった！　すごいよ、すごい！　立ててるっ！」

今までできなかったことができる喜びに満ち溢《あふ》れたアンジェは大興奮で、その場で暴れだしそうなほどの勢いだ。

「うん、本当にすごい。アンジェの努力のおかげだ。でも、一旦座ろうか」

足に負担がかかりすぎてはいけないと思ってそう提案したけれど、アンジェは自分で立てるということに夢中になっているみたいだった。

「ううん、だいじょうぶ。もう一回、ひとりで立つの！」

アンジェがそう言うから、彼女の肩からそっと手を離すと、さっきよりも危なげなく立っていた。

「わたし、がんばったよね？」

「ああ、本当に、アンジェは努力家だね。毎日きちんと練習すると、こんなにできるようになるんだ」

そろそろ足が限界だったようだから手を添えて椅子に座らせても、興奮冷めやらない様子だった。

「できた、できたの！　わたし、ひとりで、立てるんだよ！」

アンジェは初めて『ひとりで』できたことが嬉しくてたまらないみたいだった。俺が最初に会った時のアンジェはまさしく人形のようで、何もできなかった。それなのに、たった数ヶ月でここまでできるようになったのだ。

「アンジェの一番良いところは、『もう一回』って言えることだと思う」

これは素直な気持ちなのだけれど、アンジェには伝わらなかったようだ。

「なんで？」

「できないことをできるようにするためには、努力がいるだろ？　普通の人は、努力は嫌なんだ。誰だって楽したいし、嫌なことはしたくない。でも、アンジェはそう思ってないだろ？」

「うん。だって、『もう一回』しないと、できないから。たぶん、ふつうの人は、ふつうだから、そう思うんだよ。わたし、ふつうじゃないのに、ふつうに、なりたいから」

ぽんぽんと頭を撫でると嬉しそうに微笑《ほほえ》んだ。

「それでも、普通じゃないのが嫌だって諦《あきら》めるんじゃなくて、普通になりたいって努力できるのは素敵なことだよ」

「ありがと。がんばる。もう一回！」

その日はなるべく長く一人で立っていられるように練習した。これまでの間でアンジェはいろんなことができるようになっている。一人で歩いて、動き回れるようになる日も近いのかもしれない。

「わたし、あしたから、何のれんしゅう、したらいい？」

ピアノばかりじゃなくて他のこともできるようになってほしいと思っているから、アンジェが自分からそう聞いてくれるのは嬉しかった。

「いつもは昼間、何してる？」

「ピアノ」

「ピアノだけ？」

「うん」

「ピアノ以外にしてほしいことは、とりあえず歩く練習な」

「うん、わかってる。ちゃんと、やる」

少し抱き寄せて髪を撫でると、嬉しそうに微笑んでくれた。

「他には、言葉の練習と、計算もある程度できるようになってほしいかな」

「やること、いっぱい。がんばる」

「計算は後回しでもいいから、あんまり無理しなくていいよ。アンジェは部屋でじっとしていることが多かっただろう？　急に動いて無理をしたら、身体を壊すから」

「だいじょうぶだよ！　セトスさまが、してほしいこと、ちゃんとするから」

「うん、ありがとう。アンジェがそうやって頑張ってくれてるのが、すごく嬉しいんだけれど。アンジェがこの家に来てすぐに、熱を出してしまっただろう？　あれは、俺がちゃんとアンジェのことを考えていなかったせいだから、だいぶ反省したんだ」

「……しんぱい、してる？」

少し考えこんだ末に、そう言ってくれるアンジェは、声音から相手の気持ちを読むことがとても得意だと思うんだ。

「そうだよ。俺にとっては、アンジェの健康が一番大事だ。いろいろしてほしいとか言ってるけど、アンジェの身体を大事にしたい」

「わかった。セトスさまは、わたしのこと、心配してる。無理は、だめ！」

納得いったようで、力強く頷いてくれた。アンジェの肩に腕を回して抱き寄せてあげると、子猫のように擦《す》り寄ってくる。

「とりあえずは、食事の練習と、歩く練習。これは絶対しよう。俺も一緒にできるように時間を合わせるから。他の時間でピアノをしたらいいと思うけど、そのうち先生が見つかったら計算とか、社会制度とかも勉強してほしい」

「しゃかいせいど？」

「今の世の中がどうなってるか、ってこと」

「……それで、なにするの？」

貴族としての基礎教養だと思っていたのだが、アンジェにとってはそうでもないのか……。

「アンジェは、お母さんやお姉さんが何してるか、知ってる？」

「パーティーと、おちゃかい」

「そう。アンジェにも、それをしてほしい」

「おちゃかいは、できるよ！」

母上とお茶したって言ってたな。でも、アンジェに求められるのは、そんな生温《なまぬる》い会じゃない。貴族家同士の、ドロドロの腹の探り合いだ。今のアンジェには過酷なことだが、訓練したら誰よりもそれが上手くなると思っている。相手の息づかいや鼓動、本来なら聞こえない距離での会話。

それら全てを聞き分けることが出来たら、誰よりも強くなれるだろう。

「お茶会の時、母上と何を話した？」

「うーん……わたしの、からだのこと？　ピアノのこと？」

「アンジェと母上は関わりがあって、話すことがあるからいいけど、全然知らない人と話すこともある。そんな時には、相手がどんな立場の人で、その人の周りで今何が起こってるのか、知らないと困るだろ？」

「しらないひとと、はなす……??」

とりあえず相槌《あいづち》を打っているものの、なんとなくふわっと同意している程度だ。たぶんアンジェには遠すぎる世界の話で、イマイチ話の内容が掴めてない。

「アンジェがいつか困らないために、勉強するんだよ」

「それは、わかる。しらないと、こまるから」

兄上や父上にもよく指摘されるが、俺は他人に説明する、ということがヘタだから、アンジェに上手く説明できてないんだろう。無意識に、相手の脳みそに自分と同じ知識があると思って会話をしてしまうらしい。アンジェと俺は全然違うんだから、ちゃんと伝わるように考えて話さないと。

アンジェの髪を撫でながらぼんやりと考えていると、腕の中から小さな寝息が聞こえてきた。体力のない彼女は、少し動いただけで眠ってしまう。このか弱い生き物を守るのが俺の役目だと思う。

それと同時に、彼女を一人の人間として、伯爵家の夫人として生きていけるようにしてあげたい。身体にハンデを持っていても、それができる人だと思う。いつか、俺の隣に立ってもらうために、アンジェに努力を求めるだけじゃなく、俺もしなければならないことがたくさんあるだろう。

腕の中の愛《いと》しい体温を感じながら、頭の中では次の計画を考えていた。

五章　支えあえる

そうして、アンジェは歩く練習と食事の練習、ピアノの練習を毎日繰り返している。俺《おれ》の休みはそう多くはないから、一度教えたことを次の休みまでに繰り返し練習してもらうことになった。夜はなるべく早く帰ってきて一緒に練習できるようにしているし。

「あしたは、おやすみ、だよね？」

食事が終わって、ソファに二人並んで座ってのんびりしていると、アンジェがウキウキ顔で俺の方に身を乗り出してきた。その姿はまるで小動物のようで可愛《かわい》らしい。

「そうだよ。何して遊ぼうか」

「セトスさまが、いてくれるなら、なんでもいいよ？」

ふわふわと満面の笑みを浮かべるのがとても可愛いなぁ。

「何するかは考えておくから、明日のお楽しみな」

「ええー、教えて、くれないの?!」

「何するのかな、って考えてた方が、楽しい時間が長くなるから」

「そっか！　あしたまでずっと、楽しいから！」

すぐに思いつかなくて適当に言ったけど、ハードル上げすぎたかな……。

「楽しみに、してるね！」

この笑顔に見合う何かを、考えないとな。


翌日。

もう秋も深まり冬も目前だから、外は寒くて風が強い。小春日和《こはるびより》の良い天気の日もあるけれど、残念ながら今日はそうではなかった。

「うーん、外に行こうかと思ってたけどちょっと無理かな」

俺がそう言うと、アンジェはひどく残念そうだった。

「そと、好きなのに。行けないの？」

「寒すぎて風邪をひくよ。家の中で大人《おとな》しくしていような」

外に出られないなら、教養も兼ねて詩でも読んでみようかな。アンジェの使える語彙《ごい》は少ないから、ちょうどいいだろう。

「アンジェ、詩って読んだことある？」

「し？　どんなの？」

「物語じゃなくて、もっと短い文章のことだな。短い分、気持ちをぎゅっと凝縮しているというか、端的に表そうとしているものだよ」

「なるほど。短いけど、ぎゅっとしてるのね」

「少し分かったなら、読んでみようか。時期的にはこの辺かな」

適当に取り出した詩集の目次を眺めて、季節に合ったそれらしいものを選ぶ。ゆっくりと読み始めると、俺の好きなふうわりとした笑顔で聞いてくれていた。

俺の声に耳を傾けていたアンジェが、急に顔を上げた。

「どうした？」

「んー、こがらし、って何かな、って」

「冬に吹く風のことでめちゃくちゃ冷たい」

「かぜのしゅるい、ね。わかった」

「というか、たぶん今吹いてるよ」

「へぇえ、ふゆの、きせつ？」

「そうだな、冬だけだ。うーん、気になるならちょっと外出るか？　寒いけど」

「いいの!?」

途端に目をキラキラさせるアンジェ。やっぱり外好きだなぁ……。

「寒いからちゃんと着込んで行こうな」

「うんっ！」

キラッキラの笑顔でコクコク頷《うなず》くのが可愛い。ふわふわした毛糸のセーターと暖かいコートと厚手のブランケットで包まれたアンジェは、気の早い雪だるまみたいになってしまっている。

「大丈夫か？　寒くない？」

「さむくはないよ。ちょっと、あつい」

「まぁ、今は暑いかもな。外は寒いからそれくらいでいいだろう」

自分も軽くコートを羽織《はお》って、車椅子《くるまいす》を押す。前にアンジェと外に出た時は、木にほんの少し葉っぱが残っていたけれどそれももう落ちてしまっている。こんな些細《ささい》な変化ですら、俺がちゃんと言ってあげないとアンジェは絶対に気づけない。軽く雑談としてそんな周りの様子を教えてあげるだけで、アンジェは興味津々だった。

「やっぱり、外は楽しいね。知らないこと、いっぱいだから」

ふうわりと笑うアンジェは、全身で喜びを表しているようだった。

「わたし、知らないこと、いっぱい。あのね、冬、ってこと、知ってると、思ってたの。でもね、ほんとは、知らなかった」

ベンチの隣に車椅子を停めて、隣同士になるように座る。

「冬、って寒いきせつのこと。知ってたけど、こういうのだってことは、わかんなかったから」

「どういうこと？」

「風が、ピーってふいてることとか、ほっぺがいたいとか」

頬《ほお》を暖めるように手を当てて。

「こうやってね、手をあてるだけで、あったかい」

ふふふ、と楽しそうに笑う。

アンジェは、言葉を意味としてだけ認識している。説明はできるけれど、現実にどういうものなのか分かっていないことも多いのだということに、初めて気づいた。

「よかった、喜んでもらえて。冬って言葉だけで表現するけど、まだ実際は冬の始めくらいだからね。これからどんどん変わっていくよ」

「かわるの？」

「毎日変わる。まだ秋が残ってるけど、雪が降ったり、みぞれが降ったりするし、春に近づいたらまた違う感じになるから」

「そうなんだ。ねぇ、セトスさま？　また外につれてきてね？」

「もちろんだよ」

アンジェには、圧倒的に経験が不足している。ただでさえ、物事を感じることにハンデがあるのに、これまでに培《つちか》うはずだった経験が丸ごと存在しない。でも、そんな彼女だからこそあんなに無邪気に笑ってくれて、些細なことに感動してくれる。俺とは違う感じ方で、彼女の世界を築いてほしい。

そして、その世界を俺に少しでも教えてくれたら、俺の世界も広がるんじゃないだろうか。

＊

毎日同じことをしていると、当然慣れてくるし滑らかにこなすことができるようになってくる。アンジェが慣れるだけじゃなくて、補助をする俺や使用人もどうしたらよりやりやすいのかが分かってきた。食事のセッティングにしてもそうだし、献立もアンジェに配慮して食べやすいものになっている。今では、自室で慣れた侍女が準備すれば、一人で食事ができるようになった。

社会常識などの一般教養も、俺やティアリス、母上の言うことをほとんど全部覚えていて、みるみるうちに習得していっている。ピアノは言わずもがな。並々ならぬ熱意をもってすれば、上達はあっという間だった。

「アンジェはすぐにピアノが上手《じょうず》になったな。やっぱり耳がいいからか?」

「そうかな? わたし、耳はふつうだから」

「普通ってレベルじゃないよ。普通だったらあんなにできない」

「……やっぱり、わたし、ふつうじゃない」

ちょっと俯《うつむ》いて落ち込んでしまったアンジェを慌《あわ》ててフォローする。

「いやいや、普通じゃない、っていうのはめちゃくちゃ上手《うま》いってことで、俺よりずっといい耳を持ってるってことだから」

「……そう?」

「だって、アンジェは俺が目と耳とで感じてることを全部耳で感じてるわけだから。他の人よりも『聞く力』があるんだよ」

「そっか。ふつうじゃないから、できる」

「そういうこと」

えへへ、とはにかむように笑った。

「わたしの、いいところ♪」

歌うように呟《つぶや》きながら身体を揺らし、ついでに膝の上のロッシュの手も動かす彼女はとても満足げで、これ以上ないくらい嬉《うれ》しそうだった。

「そうだ、セトスさまに、聞こうと思ってたの。どんな歌が、好き？」

「歌かぁ……。あんまり歌劇場には行かないから、分からないな」

「そっか。ざんねん。セトスさまの好きな歌、練習したかった」

「あぁ、ピアノの話？　歌って言ってたから、違うのかと」

「ピアノで、練習する、歌のこと」

「歌っていうのは言葉が付いている音楽のことで、人間が声で歌うものだよ。ピアノで弾くなら、『曲』って言う。楽器で演奏する時に使う言葉だよ」

些細な違いだけれど、彼女は意外なことを知らなかったりする。こういう、ほぼ同じ意味と使い方だけれど少し違う言葉は特に。

「わかった！　じゃあ、もう一回。セトスさまは、どんな、きょく、が好き？」

「そうだなぁ。ピアノは特に好きな曲がたくさんあるんだけど、『小鳥』とかかな？」

「わかった。ティア、知ってるかな？」

「俺は母上が弾いてるのを聴いたんだし、ティアも弾けるんじゃないか？」

「練習するねー！　どんな曲か、楽しみ！」

次の日。

「セトスさま、じかん、ある？」

夕食を食べ終わってから、いつものんびり二人きりで過ごす時間に、珍しくアンジェからそう切り出された。

「あるよ。どうしたんだい？」

「練習したから。きいて、ほしいなって」

「もう弾けるようになったのかい？」

「うん。ちゃんと、練習したから」

「それは嬉しいな。ぜひ、聴かせてくれる？」

「うん!! ピアノに、連れてってて？」

なるほど、それで、いつもはソファに座ってから話をするのに、先に言ってきたのか。

納得がいった俺は、アンジェの車椅子を押して母屋の応接室に向かった。他の部屋にもピアノはあるけれど、ここのピアノが一番上等で、音響もいい。前にサラっと弾いたのを聴かせてもらったことがあるが、今回は違う。初めて、アンジェが俺のためだけに練習して、俺のためだけに弾いてくれるのだ。ホールとまでは言わないけれど、なるべく音響のいいところで聴きたいと思うものだろう。

「セトスさま、ティアも、呼んでくる？」

母屋へ向かうのに気づいたアンジェがそう聞いてくるけれど。

「できれば、俺一人で聴きたいな。アンジェが、初めて俺のために弾いてくれるんだから」

それまではそんな風に考えていなかったのか、アンジェの顔が一瞬で真っ赤に染まった。

「そんなに、上手じゃ、ないよ？　ティアのほうが、きれいだから……」

「上手いかどうかよりも、アンジェが俺のために練習してくれて、俺のために弾いてくれるっていうことが大事なんだよ」

うぅーっ、と低く唸《うな》ったあと、パンパンと気合いを入れるように頬を叩《たた》いた。

「がんばる、から、しっぱいしても、怒らないで、ね？」

「もちろん！　楽しみだなぁ」

このやり取りで少し肩の力が抜けたかと思ったが、ピアノの前に着くとまた身体がこわばった。

「俺しか聴いてないんだから、そんなに緊張しなくていいよ」

微《かす》かに笑いながらそう言って、緊張をほぐそうとするけれど、あまり効果はなかった。

「セトスさまが、見ててくれるから、きんちょう、するんだよ」

少し唇を震わせながらそう言うアンジェはすごく可愛い。でも、こんな状態では、いい演奏はできないだろう。

「大丈夫、アンジェの得意なことは『もう一回』だろう？　何回でもやり直して、一番上手なのを聴かせてほしいんだ」

ピアノ椅子に座ったアンジェの肩を抱いて、頭を撫《な》でてあげると少しは落ち着いたみたいだった。

「そっか。もう一回、すればいい」

何かがすとんと落ちたようで、アンジェはいつものふうわりとした笑顔だった。

「ありがと。セトスさまは、まほーつかい、だね」

「そうか?」

「このまえ読んでもらったの。まほーつかいの、おはなし。まほーつかいはね、呪文をひとつとなえるだけで、何でも、できるんだって。セトスさまは、わたしが上手くできなくても、ちゃんとできるように、してくれるから」

ふわふわ笑ってから、パン、と大きな音を立てて手を叩いた。

「よし。がんばる!」

気合いを入れ直した彼女は俺が知ってるいつものアンジェではなかった。ピアノと真剣に向き合う、一人の音楽家。音を立てないように椅子を引き寄せて、静かに座る。

それからは、至福の一時だった。

アンジェの小さな手のひらが白い鍵盤《けんばん》の上を滑り、一つひとつの音を紡《つむ》いでいく。曲自体は簡単なもので、技術的にはそう難しくはないだろう。ただ、彼女にとってはピアノの前にたどり着くだけでも大変なことで、ピアノを弾けるということそのものが喜びなのだ。

その嬉しさとか楽しさがアンジェの指先からにじみ出ているような演奏で、その出来栄《できば》えは圧巻の一言。音楽に関してはど素人《しろうと》の俺にもダイレクトに伝わってくるこの感情は、まさしく俺への愛だとしか感じられなかった。

*

アンジェのピアノの腕は素晴らしく上達していた。やはり、彼女は耳に頼って生きているから音楽の再現度はとても高い。それに、ピアノの音自体にも強い気持ちが現れている。だが、曲の解釈とか表現というところはまだまだだろう。これからたくさんの経験を積むことで、どんどん魅力的な音楽になっていくんだろうと思えた。

「どう？　上手、だった？」

少し首を傾《かし》げてそう聞くアンジェは可愛すぎてヤバい。

「とっても上手だったよ。さすが、俺のアンジェは努力家で一生懸命だ。よく頑張ったね」

そう言ってから、そっと頭を撫でた。子猫のように俺の手のひらに擦《す》り寄ってくるのも可愛い。

「ちゃんと、できた！」

自分でも満足いく出来だったようで、かなり得意げなドヤ顔だ。

「じゃあ、ご褒美《ほうび》に帰りは抱っこしてあげようか」

「抱っこ！　して！　わたし、がんばったから」

「ほんとにアンジェはいつも頑張ってると思うよ。俺も、ちゃんと仕事を頑張らないとなぁ」

「がんばって、ないの？」

「別に、ちゃんとやってないわけじゃないんだけどね。アンジェはいつも全力でやってるのに、俺はほどほどに手を抜いてやってるからなー、って思って」

「でも、わたしは、ずっとお仕事じゃなくて、うれしいよ？」

「そうか。そういう考え方もあるよな。確かに、今の俺にとってはアンジェが一番大切だから、これでいいのかもしれないな」

「ちゃんと、だっこのじかんも、つくってね？　でも、お仕事もちゃんと！」

俺の腕の中で微笑むアンジェはとっても幸せそうで、その笑顔を見ている俺も幸せな気持ちだった。

＊

アンジェは俺が思っていたよりもずっと早くいろいろなことができるようになっている。初めて会った時から半年弱。たったそれだけの時間で、彼女は人形から人間になれた。そしてこれからは、自分で歩いて自由に動けるようになれたらいいと思う。

そのためにはまだまだ練習が必要なのだけれど。

「アンジェ、もう一人で立ち上がるのは完璧にできるよな？」

「うん、できるよ？　支えがなくても、だいじょうぶ」

「じゃあ次のステップだな、足踏みしてみよう」

実際はもっと前からできるくらいの筋肉があったのかもしれないけれど、素人の俺では判断がつかなかったのだ。医者に見せようかと思ったものの、父はさすがに体面が気になるようであまりいい顔をしなかった。何より、立てない人を立てるようにすることができる医者がいなかった。

そんなわけで俺が考えてやっているのだが、何がいいのか分からないし、今、アンジェに何ができるのかも分からない。だから安全を優先させた結果、こんなに遅くなってしまったのだ。

「アンジェ、立ってみて」

そう言うとアンジェはぐっと足に力を入れ、全身の筋肉に力を入れて、うまく反動を使い立ち上がる。完全にできているとは言えないけれど、初めの頃に比べたら驚くほどスムーズに立ち上がれるようになった。

「手は前に出して。肘《ひじ》を持つから」

こうして持っていれば普通に手を握るより、転んだ時に支えやすい。アンジェも俺の腕を握った。

「こうしていたらバランスを崩しても大丈夫だから、片足を上げてみよう。左足上げてみて？」

ぐっと俺の腕を握る手のひらに力が入る。全身に力を入れて、それでも上がらない。

「ちょっと反動をつけて、一気に上げてみようか？」

そういうと右側に体重を傾けた。そのまま倒れそうになり、短い悲鳴があがる。

ぐっと力を入れて支えたから、転びはしなかったけれど。

「こわかった……」

泣きそうな顔をするアンジェ。慌てて一度座らせる。

「ごめんな、大丈夫？　どこか痛くない？」

「だいじょうぶ。だけど、ちょっと、こわかった」

それはそうだろう。自分の身体が自分で制御しきれなくて倒れてしまうのは誰だって恐ろしい。

「アンジェ、ごめんな、大丈夫？　……ほら、ロッシュも見守ってくれているよ」

「アンジェちゃーん、頑張って～！」

ロッシュが見守っている、と言っただけなのに、気を利かせたイリーナが声真似《まね》をしてくれる。その上、ロッシュのふわふわの手でアンジェの頬をぽんぽんと撫でてくれたら、アンジェもようやく笑顔になった。

「ん、イリーナ、ロッシュ、ありがと。わたし、がんばるよ。もう一回！」

本当にアンジェはすごい。あんなに怖がって、泣きそうになっていたのに、たったこれだけの時間で切り替えて『もう一回』と言えるのだから。

「よし、じゃあやってみようか」

またアンジェが立ち上がって同じようにする。だけどうまくいかず、倒れそうになってしまった。

「こわい。でも、ちょっとだけ、慣れた。ちょっとだけ、こわく、なくなったかも」

顔をこわばらせながらそんなことを言っても、怖がっているのは誤魔化《ごまか》せてない。

これは俺が悪かったな。

「アンジェ、無理はしなくていい。怖いことは無理にしなくていいんだから。これを毎日続けるなんてできないだろう？　怖くなくて毎日できることを考えよう」

すぐにこくこくと頷くのを見るに、やはり嫌だったのだろう。

「嫌なことは無理して『できる』とか『大丈夫』とか言わなくていい。というか言わないでほしい」

俺はアンジェに無理はしてほしくない。できないことをできるようになるための努力は一緒にする。でも、顔をこわばらせて泣きそうになって……。そんなことまでする必要はない。

「『継続は力なり』って言葉があるんだ。毎日続けることが力になるっていう意味だな」

「けいぞく、は、ちから、なり」

「そう、アンジェはいつもそうだろう？　毎日続けることでここまで動けるようになったんだから」

「そう、かも。イヤなことは、毎日、できないもん」

「そうだよ。だから、毎日できる方法を考えよう。どんなことだったらできそうかなぁ？」

「わからない、わたし、自分のこと、ぜんぜん、知らないから」

ちょっとショックを受けたみたいな表情。

「まぁ少しずつ分かるようになったらいいんじゃないか？」

「ちゃんと、自分のこと、考える。ちゃんと、知らないと、ダメ」

「ああ、そういうことだよ。アンジェは、自分のこと知らないって分かっただろう？　そうやってちょっとずつ発見していくことで、できることとか知ってることが増えるんじゃないか？」

「なるほど！」

身を乗り出してくるアンジェ。

「そういうこと、ちょっとずつ、知るってこと！」

なんだかアンジェの琴線に触れたようだ。

「そっか、そうだよね。わたし、自分のこと、知らないけど。ちゃんと、知ってることも、あるんだ」

知らないからと落ち込んでいたのに、知らないと思っているだけだったり、これから知っていけたり。そういうことが実際の体験で分かったから、感動してもらえたみたいだ。

「あのね、セトスさま。わたし、自分が思ってるよりも、ちゃんと、できる人なのかもしれない」

アンジェは新しい発見に対して異常にテンションが上がっている。

「よかったな、新しいことが分かって。俺だって、自分のことを知らなかったりするよ。逆に、できないことをできるって思い込んでたりすると物凄《ものすご》く厄介《やっかい》だから、アンジェみたいに知らないって分かってることはとても大切だと思うよ？　これから知っていけるんだから」

アンジェを見ていると、自分のことを振り返ることにもなるな。俺も自分のことを知らないと思っている方がもっともっと成長できるんだろう。

アンジェがそれを気づかせてくれた。


アンジェの新発見によるハイテンションも収まったところで、次はちゃんと歩くための練習方法を考えよう。

「アンジェ、そのまま座ったままで足を上下させられるか？」

右足は少し上がるが、左足が上がらない。

「じゃあ一旦これを練習しようか。右上げて、下ろして。左上げて？　上がってないよ、もうちょっと……もうちょっと」

あっ、少しだけ上がった。

「下ろしていいよ。じゃあもう一回、右を上げて？」

交互に足を上げるということに慣れさせてみる。

「うん、これなら、怖くない。たぶん、右はペダルをふむから、あげれるんだと思う」

「ああ、それで右だけ上がるのか。じゃあしばらくは立つことと足を上げることを毎日練習しよう」

「わかった！」

手探りでの練習はやっぱりアンジェに怪我をさせてしまう可能性も出てくる。だけどなるべく安全にしてあげたいから、きちんと考えて無理はせず、少しずつできることを増やしていこう。


それから十日ほどして。

毎日少しずつ継続するということは素晴らしいもので、椅子に座ったままでの足踏みはほぼ完璧にできるようになった。心なしかアンジェも得意げだ。毎日少しずつとはいえ、できることが確実に増えていくから、アンジェのやる気にもつながっている。

「足踏みは座ったままならできるようになったから、次は立ってできるようになろうか。前の時はだいぶ怖かったけど、大丈夫。前と違って練習もしたんだから。ちゃんと支えているから、やってみよう」

「わかった」

もう、立つことにはほとんど苦労はない。足踏みは足の筋肉全体を強くしたようで、立つ動作も、立ってる時の姿も前よりだいぶ安定している。以前やった時のように、アンジェの肘の辺りをしっかりと持つと、アンジェも俺の腕をギュッと握ってくれた。

「よし、じゃあ右足を、ちょっとでいいから上げてみて？」

ほんの短い時間だったけれど確実に上がった。

トン、と軽い音がする。アンジェが思っていたより簡単に上がったようで、少し驚いたようだ。

そして満面の笑みを浮かべ……出ました、アンジェお得意のドヤ顔。可愛い。間近で見るアンジェの表情の変化は本当に可愛い。瞳《ひとみ》は閉じられたままで変化しないのに、それ以外の全てのパーツで喜びを伝えてくれる。

「できたよ、できた！　もう一回！」

何度も何度も右脚を上下させる。

勢いがつきすぎて少しバランスを崩しそうになるが、お構いなしだ。支える俺はちょっと大変なんだけれど、アンジェはとっても楽しそうだからしばらくそのままにしておいた。

「じゃあ次は左足だな。右よりも上がりにくいかもしれないけどやってみよう」

これまでの練習は、ピアノで使う右の方が動きやすいから、主に左足を中心にやっていた。それでもやはり毎日ガッツリ使っている右足の筋肉には追いつかず、左足の方が動きが悪い。それでもかなり動くようになっているからできるかもしれない。

恐るおそる左足を上げてみる。右足が支えきれず、かくんと膝が曲がってしまった。倒れるかもしれないと思っていたから、しっかりと支えられて、そのまま椅子に座らせる。

「大丈夫か？　痛くない？　ケガしてない？」

「うん、だいじょうぶ。もう一回」

そこであっ、と気づいたように俺を見た。

「無理、してないよ。ほんとに。そんなに、こわくないから。転ぶかもって、わかってたから」

慌てたように言い募《つの》る。

「大丈夫、分かってるよ。やっぱり今回みたいに転ぶかもしれないって分かってたら、心づもりもできるし不安も少ないよな。でも左足が上がらないっていうより、右足が重さに耐えられなかっただけみたいだから、一旦休憩しようか」

全然分からない、というように首を傾げられてしまった。自覚がないのかな？

「今、転びそうだった時にどうなっていたか、分かる？」

ふるふると首を振る。やっぱり倒れている最中にそんなこと考えられないよな。

「俺は横で見てたから分かったんだけど、左足を上げたからバランスを崩したんじゃなくて、右足の練習をしたすぐ後にそのまま左を始めたから、疲れた右足が体の重さに耐えられなくなったんだと思う」

一気に話したせいで上手く話を咀嚼《そしゃく》しきれてないようで、しばらく体をふらふら揺らしながら考えてるようだったけど……。

「右足が、疲れてたから、うまくいかなかった？」

「そうそう」

アンジェは時間はかかったものの、理解してくれた。でも、俺の悪癖が出てしまってるな。

相手のこと考えずに、自分の思うことをそのまま話してしまう。今回、アンジェは俺の言いたいことが何か分かろうとしてくれたから、時間をかけてきちんと考えてくれたけど、人によってはそのまま、分からないまま流されてしまうことも多い。

本当にどうにかしないとな。少しの間悩んでいるとアンジェが不安げに手を伸ばしてきた。

「どうしたの？」

「あっ、ごめん。続きやろうか」

「まだ、ダメ。どうしたの？」

うーん……。無意識に誤魔化そうとしていたのは、アンジェに見抜かれてしまったみたいだ。

「別に大したことじゃないんだけど、ちゃんと分かりやすい言い方しないといけないとなって思って」

自分の悪いところを言いたくはないんだけど……。ちょっと気まずい沈黙の後、またアンジェが手を伸ばしてきた。

意図が分からず戸惑っていると。

「あたま、どこ？　近づいて？」

よく分からないままとりあえず近づくと、ポンポンと頭を撫でてくれた。

「セトスさま、かしこいからね。でも、わたしは、わかるから、だいじょうぶ。もし、わかってなかったら、ちゃんと、言い直してくれるし。だから、だいじょうぶ」

俺を慰めようと、必死に言葉を連ねるアンジェ。長く話すのは苦手なのに、俺を慰めてくれようとする。

ちょっと涙腺が緩くなってしまったみたいで……。

見えていなくてもアンジェにはバレてるかもしれないけれど、潤んだ瞳を晒《さら》したくないと思うのは男の性《さが》。プライドとアンジェの優しさの間で身動きが取れなくなってしまった俺を、ずっとずっと、俺が自分から離れるまで撫でていてくれた。俺がアンジェを支えてあげていると思っていた、でもそれは違う。

間違いなくアンジェが俺を支えてくれている。自覚がなかったのが申し訳ないくらいだった。

よし、俺のメンタルはだいぶ戻《もど》った。

ちょっと脱線してしまったけれど、アンジェの足踏み練習だ。

「アンジェ、ありがとう。ちょっと落ち着いたから、続きやろうか」

「うん。もう一回」

「今度は左足な。休憩したから多分できると思うんだけど」

何度もしているようにアンジェの肘の辺りを掴《つか》むと、アンジェも俺を握り返してくれる。たったこれだけのことでも何も言わなくてもできるのは、同じ時間を長く過ごしているからこそのことだと思うと、とても嬉しくなる。

「大丈夫、怖くないよ。ちゃんと支えてるからやってみて?」

さっき失敗したばかりだからか、少しためらうアンジェにそう声をかける。指を痛めるんじゃないかと思うほどに俺のシャツを強く握りしめていた。

ほんの少しだけ左足を上げる。

――上がった。

トン、と軽い音を立てる。

次の瞬間、こわばっていた表情が一気にほどけた。ふわりと花が咲くように。

「できたね」

染み入るように、噛《か》み締めるようにそう言うアンジェは本当に嬉しそうだった。

「わたし、歩ける、かも」

「かもじゃない、歩けるよ」

「そうかな？」

「そうだよ。そのためにこんなに頑張ってるんじゃないか」

髪を撫でてあげると、子猫のように擦り寄ってくる。恐怖がなくなって、一気にアンジェらしさが戻ってきたな。

「もう一回」

俺の腕を持ち直してそう言うが……。

「まだ、ダメ。一回座って？　さっきもそうやって倒れそうになってしまったんだから、休憩しないと」

大丈夫だと言い張るかと思ったが、案外素直に座った。よほど怖かったらしい。

その時。

「失礼いたします。セトス様、主様《あるじ》がお呼びです」

わざわざ本邸の侍女が俺を呼びにきた。アンジェとの時間を邪魔されて少しむっとしたが、

「セトスさま、いってらっしゃい」

アンジェは気配で俺の気持ちが伝わったみたいなタイミングで、そう言って送り出してくれる。

そう言われては行かないわけにもいかないし、そもそも父上に呼ばれた時点で行くしかないのだが。

「アンジェ、悪いけど待っててな」

笑顔で手を振って見送ってくれる。よし、何の用か知らないが、とっとと片付けて帰ってくるぞ。

六章　はじめての一歩

アンジェは、毎日の練習の成果で立って足踏みができるようになった。そう遠くないうちに、一人で歩けるようになるだろう。

だけど、彼女は足の筋肉がついて歩けるようになったとしても、どこへ向かって歩いたらいいのかは分からない。そこはどれだけアンジェが頑張ってもどうしようもないところだから、俺《おれ》が助けてあげないといけない。

でも、俺にその準備はできているだろうか？　アンジェが歩く補助をするのに、自分が先に練習しておかないといけないだろう。お互い初めてでやったら、多分怪我《けが》させてしまうから。以前のように、彼女に怖い思いをさせてはいけない。

誰《だれ》か練習に付き合ってくれそうで少しくらい怪我をしても大丈夫そうな奴《やつ》……やっぱアルだな。店番して忙しいかもしれないが声かけてみよう。

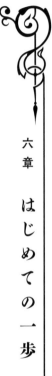

「よぉ、面白《おもしろ》そうなことしてるらしいな？」

ほとんど待つこともなくアルがやってきた。ある程度身分があると友達というものが作りにくい。同じ身分内での友人もいるにはいるが、やはりお互い家の名前を気にしつつの付き合いになるせいでよそよそしい感じになってしまうことも多い。そんな中で身分を気にせず付き合えるアルは、俺の数少ない心を許せる友人の一人だ。ここまで身分が離れるとむしろ気を使う気が失せるんだそうだけれど。

「あの、車椅子《くるまいす》をあげた子のことだろう？　次は何をするんだ？」

相変わらず好奇心の塊みたいな奴だ。

「お前、人生楽しそうだなぁ」

呆《あき》れたようにそう言うとわざとらしく崩れ落ちた。

「セトスが冷たい！　店番ほったらかして来たのにぃ。……俺もう立ち直れないかも」

「はいはい、分かった分かった。悪かったって」

すぐにスチャっと姿勢を戻し。

「そんで何すんの？」

「アンジェがもうすぐ歩けそうだから先に少し練習しておきたいと思って、練習台になってほしい」

「お安い御用だ。目隠しすりゃいいか？」

「そうだな」

すっと目隠しが差し出される。本邸のサロンだから侍女が優秀すぎる。

「この感じ、貴族ならではだよなぁ。俺はちょっと落ち着かないんだけど」

アルが、目隠しを受け取ってからコソッと呟《つぶや》く。

「そうだなぁ。俺もあんまり好きじゃなくてな。アンジェも他人の視線に敏感だから、離れの方はこうじゃないぞ？」

「庶民の俺にとってはそっちの方が落ち着きそう」

アルと軽く雑談しながらも目隠しをつけ終わり。

「前に進むぞ？」

「怖い怖い怖い！」

アルの両手を持って引っ張ろうとしたら、怖がってしまって一歩も動けなかった。

「セトス、先にやってみろ。怖いぞ？」

確かに自分が体験しておくのも大切かと思い、目隠しを受け取ってつけてみる。

「進むぞ？」

さっき自分がやったのと同じように手を引いてもらうものの……。

怖いなぁ。

自分の家のサロンで、物の配置は完璧に知っているのに、目で見て確認できないだけでこんなにも怖いのか。

「これは大変だなぁ」

アルが呟くようにそう言うが、まさしくそうだろう。アンジェにこの恐怖を克服してもらわないといけないのだから。

「とりあえず進むぞー？」

アルが無理やり俺の両腕を引くから、進み始めてみた。冷静に考えたら目の前にはアルが立っているはずで、何かにぶつかる方が難しいだろうとは思うのだが、それでも怖いものは怖い。

「痛っ！」

少しだけ慣れて部屋の中をぐるぐる回っていると、アルが悲鳴をあげた。目隠しを外してみると、机の角に腰を打ち付けたらしく、涙目になっていた。

「これ、めっちゃ痛いよぅ……」

しばらくぶつけたところをさすっていたが、

「よしもう大丈夫。もう一回やってみよう！」

さっきまで涙目だったのに元気になった。それがこいつのいいところなのだ。

またさっきと同じように歩き始めたが、アルが頻繁に背後を確認するせいで、片方の腕だけが引かれて歩きにくい。歩幅が一定じゃないのは、こんなに歩きにくいものだったのか。

どうしたらいいかと考えつつ歩いていると、またアルの悲鳴が響く。

「ごめん、大丈夫か？」

今度の原因は俺だ。思いっきり足を踏んだ。

「大丈夫だけど、この方法やめた方がいいなぁ」

「そうだな、危なすぎる」

「それに、こうやって歩くのは変すぎるよ？」

「確かになぁ」

「普通に横に並んで手を繋《つな》ぐか？　貴族はあんまりやらないみたいだけど、俺は彼女と遊びに行く時はだいたいそうする」

「サラッと惚気《のろけ》んなよ」

軽く小突《こづ》くが楽しそうで何よりとしか思わん。別に一緒に出かけるのが羨《うらや》ましいとか……。

「何？　アンジェちゃんと出かけたいのか？」

ニヤニヤとからかってくるアルの頭をはたく。パン、といい音がしたが。

「痛《いて》えよ！　俺今日ダメージくらいまくりなのに……酷《ひど》い！」

「よし、続きやるぞー」

お互い昔からこうやってきたから、気を使わなくて済んで楽しい。他の人には旅芸人の漫才みたいだと言われたりもするな。

それはともかく。

「両手を持ってた時よりも格段に怖いなぁ」

俺は、このまま進むのはちょっと無理かもしれない。手を繋いでいるだけだから距離感がイマイチ分からないし、前に何かありそうな気がして怖い。

「まぁ一旦進むぞ？」

「そんなに軽く言うな。怖いんだぞ？」

「大丈夫大丈夫！」

「お前はいいだろうけど……」

「あっ」「痛っ！」

何かにぶつかった。

「ごめんごめん。ソファだから大丈夫だろ？」

「大丈夫じゃない！　何だよ、『あっ』て！　分かるわけないだろう！」

アルが「あっ」と言った時にはもうぶつかった後だったし、自分では絶対に気づけない。

「悪かったって。思っていたより遠い方に向かって歩いてたからさ。俺からしたらセトスがソファに突っ込んでいったみたいなもんだし」

「そうか、サポートする側が相手の動きをコントロールできないのはかなり不便だなぁ。される側も不安定だしかなり怖い。これならさっきやった両手のやつの方がマシだ」

「そうだよなぁ、他のやり方……」

二人とも黙ってしばらく考えていたが。

そうだ、思いついた。

「普通にエスコートみたいにしたらいいんじゃないか？　あれなら距離も近いし」

「そういやそうだな。ってかあれってどうやってやってるんだ？」

「腕をこんな感じにして……」

エスコートをしたことのないアルにやり方を教えていく。

「じゃあやってみるか」

目隠しを直してアルの肘《ひじ》を持つ。

「進むぞ？」

これなら、全《まった》く怖くないわけではないが、アルが半歩先を歩いていると分かっているだけで少しはマシだ。部屋の中を二周ほどしたが、特に問題は起こらなかった。

「エスコートってすごいなぁ。ちょっと感動した」

やっぱりみんながしてるのは、便利だからなのかもしれないな。

「じゃあアンジェちゃんの練習はエスコート式でやるのか？」

「そうだな。その方が仕事で連れて歩く時にもいいと思うし」

「えっ？　目が見えないのに連れて歩く気なのか？」

「当たり前だろう？　アンジェは可愛《かわい》いんだし」

「セトスが堂々と惚気てる！　面白いな！」

ゲラゲラ笑うアルが少しうざいが仕方ない。

「セトスにそこまで言わせるのってどんな子なんだろうなぁ……そのうち会わせてくれよ？」

「まぁ、そのうちな？」

もうすぐアンジェは歩けるようになるだろう。

そうしたらいろんな所へ連れていってあげたいと思っているから、アルの店に連れていくのもいいだろうな。

＊

ある日、俺が仕事から帰ると母家に呼ばれた。いつもはたまに顔を出す程度で、毎日行くわけでもないのだが、今日は珍しくサロンで待っていろと言われた。

しばらくすると両親と兄上が集まってきた。

「どうしたんですか？」

わざわざこのメンツが集まるとは……。父上や兄上が忙しいのはもちろん、母上も社交界のさまざまなことがあるはずだが。

「単刀直入に聞こう」

揃《そろ》ったところで父上がそう切り出した。いつもとは違う空気感に、ぴりりと気が引き締まる。

「アンジェと結婚するつもりか？」

「もちろんです」

ためらうことなくそう言い切った。

「いつ頃？」

「アンジェが立てるようになればなるべく早く。焦《あせ》ってはいませんが」

「そうか。だが彼女と結婚することで、お前にはまるでメリットがないだろう？　家のためにもあまり良いとは言えない。自分が持ってきた話にこんなこと言うのは間違っていると分かっているが、メラトーニ家に騙《だま》されたとも思っている。今更と思うかもしれないが、よく考えろ」

そう言われることくらい分かっていた。母上が、この縁談を不当なものだと言って社交界の武器にしていることも知っているし、アンジェがこの家に来た時にもこの争いはあった。彼女の日々の様子を見た上で、それでも結婚に反対されるのだろうか。

「俺はアンジェ以外と結婚する気はありません。俺は長男ではありませんし、次男が多少変わった結婚をしたくらいで揺らぐほど、この家は弱くないでしょう？」

俺はとっくの昔に覚悟を決めている。彼女が外に出られるように、と考え始めた頃からこうなることは分かっていたから。父上が反対し、受け入れてもらえないのは当たり前。それでも俺は我《が》を通したいのだ。

「アンジェが、もし家のために負担になるのなら、その分俺が働きます。彼女をこの家に連れてきた時にも言ったと思いますが、俺は彼女以外と結婚する気は全くないし、彼女を離す気はありません」

父上の目を見てハッキリと宣言する。アンジェがあんなに頑張っているんだから、俺もこれぐらいできなくてはいけない。

「物覚えが多少良いのは認めよう。ただ、それが活《い》かせないようでは話にならん。あとできることといえば、ピアノか？　それも、あの程度の技術なら多くの令嬢が持っているだろう。ティアリスにでも弾ける程度の曲なのだから。今から相手を替えても、全く遅くない。どうだ？」

「どうだ、と言われましても、俺の心は決まっています。結婚する相手は、アンジェ以外には考えられない、それだけです」

父上と俺の会話を、兄上と母上は黙って聞いているだけだ。兄上はあまり接点がないが、母上はアンジェのことを気に入っている。話を振れば、援護してもらえるのではないだろうか。

「母上も、アンジェのことを気に入っているかと思います。それは、彼女を認めているからではあり

ませんか？」

ふっ、と短く息を吐き、母上は話し始めた。

「アンジェちゃんは、可愛くて素直な良い子だと思いますよ。ただ、それだけです。あなたの恋人としては良いかもしれませんが、妻には相応《ふさわ》しいでしょうか？　彼女の人間性が気に入っているだけであれば、妾《めかけ》にするという手もあります。同格の家同士が、というのは珍しいですが、身体《からだ》のことも考えたら充分に可能です」

そう語る母上の瞳には何の感情も浮かんでいない。社交界で活躍する母上は表情のコントロールが上手《うま》いが、これはどういう意図なのだろう。

「妾にするのでは、意味がありません。彼女は必ずこの家の役に立ってくれる人材です。目が見えないのは、見える者が代わりになればいい。ですが、彼女の耳の良さは他では補えないほど貴重なものです。堂々と盗み聞きできるようなものですからね」

アンジェが一番家に貢献できるポイントをしっかりとアピールする。父上は、おそらく感情面では許してくれている。ただ、せっかくの俺の縁を潰すようでもったいないと、そう思っているのではないか。

「彼女が家のためになるよう育てると、そう責任を持って言えるか？」

「はい、もちろんです」

きっぱりと、瞳を合わせて宣言する。アンジェのためなら何でもできると、誇張抜きにそう確信しているから。

父上の瞳がふと緩んだ。張り詰めていたその場の雰囲気も少し緩み、次に母が歓声をあげた。

「きゃー、かっこいいわ！　さすが私の息子ね！」

手を叩《たた》いてそういう母上のせいで、真剣な場の空気は一気に崩れた。まぁ俺としては気を使う時間が短く済んでありがたいのだけれど、父上はちょっと不機嫌になってしまった。この夫婦はこれがいつものことなので、兄上も俺も全く気にしていないが。

「でもねぇ、やっぱりセトスだなって思ったよー？　一度決めたら譲らないところがねぇ」

「自分としてはそんなつもりはないんですけどね」

「まぁねー、普通じゃないよねー」

そう言って笑う兄上は楽しそうだが、俺としては若干《じゃっかん》不本意だ。ただ、そんな兄上よりも楽しそうな人が一名。

「結婚式やるのね？　いつやるの？　どこでするのー？　セトスの結婚式は男だから楽しくないかと思ってたけど、アンジェちゃんが家にいるなら楽しいことできるわよね⁉」

「いや、母上、さっきまで妾にしろとか言ってましたよね⁉」

これにはさすがの俺も突っ込まざるを得ない。

「えー、だって、そう言えって言われたんだもん。私はアンジェちゃん大好きだし可愛いって思ってるけど、それだけじゃ駄目《だめ》でしょう？」

茶目っ気たっぷりにそう言うけれど、こちらは本当に反対されているかと思ったのだ。ただ、それに続く父上の言葉は重みが違った。

「当主である親に反対されても尚《なお》、結婚すると言えるくらいの覚悟は当然必要だからな。結婚自体は祝福されても、裏で陰口を叩く者は必ず現れる。その時に守りきれずに放り出すような人間にだけはなってほしくないと思っている。そうならないよう、囲いこんで人目に触れさせないという手もあるのに、お前はそれを選ばなかった」

その覚悟を試すためには、手段は選ばない、ということか。

「アンジェのかわいさを思いっきり自慢したいですからね」

「うむ、それだけ愛せる相手と巡り会えたことは、お前の人生にとってこれ以上ない幸せだろう」

父の表情はとても満足げで、兄も温かく見守ってくれている。こうして家族に賛成してもらい、祝ってもらえるということそのものを、嬉《うれ》しく思う。

「結婚式の準備を一緒にやるのは私よね！　楽しみだわ！　アンジェちゃんと一緒に選ぶのよ〜！」

場の空気をまたしてもぶち壊した母上はよほど楽しみなようでかなりのハイテンションだ。

「そうですね、むしろ俺では分からないことも多いですし、女同士で選んでやってください。ティアにも頼んでおきます」

「やったー！　楽しみだわ！　ドレスも選ばなきゃ！」

「はしゃいでるところに悪いですが、今すぐ挙式をするということにはならないと思います。そもそも、ある程度は一人で歩けるようにならないと無理ですし」

「いつ頃になるの⁉」

興奮している母上の気迫がちょっと怖い。思わずのけぞるけれど、そんなことで放してもらえるはずもなく……。

「ええと……半年後から一年後ぐらいだと思っていますが」

「じゃあそろそろちゃんと準備始めないと間に合わなくなるわよ？」

「なるべく早くとは思っていますが、そこまで焦ってはいませんよ。アンジェの具合にもよりますし」

そんな話に兄上も入ってくる。

「でもねー、ティアが言うには、アンジェちゃんはかなり頑張ってるみたいだし、半年ぐらいでもできるんじゃゃない？　婚約からそんな経《た》ってないし遅くてもいいとは思うけどさ」

あんまり期待しすぎると無理して体を壊すからなぁ。でも無理をさせないようにきちんと見ておけば、やる気に繋《つな》がるかもしれない。

「アンジェとも相談してみてから決めますけど、来年の夏から秋ぐらいにはできるようにしたいですね」

「じゃあ準備には大体一年かけられるわけね？　楽しみだわ！」

正直結婚式の準備となると、俺が一人でするには無理がある。母上にしてもらわないといけないこともあるだろうが、母上とアンジェの間に入って仲裁することも多くなるんだろうなぁ。

＊

「ただいま」

「おかえりなさい！」

離れに帰るとアンジェが出迎えてくれる。この時は本当に生き返る気がするな。

「遅くなってごめんな？」

「大丈夫。連絡くれたから」

イリーナからアンジェの車椅子を押す役を代わる。イリーナは自分がやると言ってくれるのだが、なるべくなら俺がやりたい。いずれアンジェが立てるようになったらしなくなることだから、余計に。

「すぐにご夕食を準備いたします」

普段なら俺が帰ってから少ししてからごはんなのだが、今日は遅かったからすぐにごはんらしい。

ダイニングテーブルの椅子が置いていないところに車椅子を停める。

俺が向かいに座ると、夕食が供され、二人で話をしながら食べる。アンジェが一人で食べるための献立になっていれば、彼女一人で食事もできる。アンジェが自分で生きていくために日々進歩していることが実感できて、嬉しくなった。

「それでね、セトスさま、今日は……」

アンジェが楽しそうに今日あったことを話してくれる。ピアノのこんな曲を練習した、ティアとこんな話をした、イリーナにこんな物語を読んでもらった……様々なことを並べて報告する姿はまるで子供みたいだ。

「今日のピアノは、ティアが、今習ってる曲をしたの。でもね、ティアもまだ弾けてないから、わたしも、あんまりわかってないの。次のレッスンで、ちゃんと聴いてきてくれるって、言ってたから。

次が楽しみ。わたしのレッスンじゃ、ないけどね？」

　ふわふわ笑っていて、とても楽しそうだ。こうやって報告してくれるのは、可愛いだけじゃなくてきちんと理由がある。今アンジェに何ができるのか、何が必要なのかを知るためにとても大切だから。

「そうか、もうティアのピアノに追いついたかぁ。俺が思ってるよりめちゃくちゃ早かったな。一応、母上に目が見えない人にピアノを教えられる人を探してもらっているんだが、そこまで行ってるなら普通のピアノの先生でも大丈夫そうだな。次のピアノのレッスンの時に部屋に入れるように頼んでみようか？　アンジェはもう聴くだけでも十分だろう？」

「うん！　ティアは、上手なんだけど、ちゃんと覚えてないときが、あるから。直接聴きたい、かも」

「じゃあ頼んでおくな？　いつやるかも聞いておくから」

「ありがと」

　こうやってアンジェが言ってくれるから、俺がしてあげれることもあるんだ。まあ、一生懸命話してるのが可愛いからそれを俺が楽しんでるっていうのもあるんだけどな。

　食事が終わったら、二人だけののんびりタイム。俺が一日で一番好きな時間で、しかも今日はアンジェが喜びそうな話があるし。どんな反応をしてくれるかちょっと楽しみにしていると……。

「セトスさま、何か、いいことあった？」

　いつも思うが、表情が見えないのにどうやって感情を読んでいるんだ？

「いいことあったよ」

「どんな？」

アンジェをソファに座らせて、自分もその隣に座る。肩を引き寄せてあげると、甘えるように身体を預けてくれた。その手の中には、いつもと同じようにロッシュが抱かれている。

「アンジェといつ結婚式しようかって考えてて、父上たちと話し合ってきた」

そう聞いた瞬間、ビクッとアンジェが背筋を伸ばす。ミーアキャットみたいで可愛い。

「ほんとの、ほんとに？」

「本当だよ」

そこまでびっくりするほどかとは思うが、確かにたった半年ほど前と比べたら驚きの変化だろう。

「あのね、ほんとの、ほんとに、わたしと、結婚してくれる？」

はっきりと結婚を申し込まれてうちに来たというのに、アンジェが震える声でそう問うのは、今まで信頼してきた家族に裏切られた過去があるからだろう。ただ、俺は絶対にそんなことはしない。絶対に、アンジェに辛《つら》い思いはさせないから。

「本当にアンジェと結婚したいんだ。アンジェは俺と結婚してくれる？」

「うん、したい。したいです」

こくこくと頷《うなず》くアンジェ。

「あのね、わたし、ずっと、結婚なんて、できないと、思ってた。だって、わたし、普通じゃないから。でもセトスさまは、わたしでも、いいって言ってくれたから。すっごく嬉しいの！」

「アンジェ『でも』いいんじゃなくて、アンジェ『が』いいんだよ」

「ありがとう、ございます。セトスさまの邪魔、しないように、がんばるから。会ってからでも、だいぶ、普通になったでしょ？　なるべくがんばるから、いらないって、言わないでね？」

小首を傾《かし》げてそういう姿はかなりクるものがあったが、言っている内容は暗い。実家とは決別して前を向いてくれたと思っていたが、実の親にあれだけ言われたのはアンジェにとってかなりのダメージだったのだろう。

「俺は、絶対アンジェがいらないなんて言わない。だって、アンジェはいつか俺がいらなくなる？」

「そんなこと、ない」

「そうだろう？　それと同じぐらい、俺にもアンジェが必要なんだから。……愛してるよ」

「ありがと！　わたしも、セトスさまのこと、だいすきだよ！」

アンジェのこれまでの人生は決して明るいものではなかった。でも、俺と一緒にいれば、こうして輝くような笑顔を見せてくれる。

ぎゅっ、とアンジェが抱きしめてくれたから、抱きしめ返す。

アンジェの香りに包まれて、この手の中の宝物を生涯守り通そうと、改めてそう思った。

＊

「結婚式はいつにしようか？」

「うーん……結婚式って何するの？」

そこからか。まあそうだよな、知らないもんな。

「神様に、この二人が結婚しましたよって報告する儀式なんだ。俺やアンジェと仲のいい人に来てもらって、アンジェは綺麗《きれい》なドレスを着て、みんなにお祝いしてもらうんだ」

「きれいな、ドレス……いいなぁ」

「いいなーって言ってるけど、アンジェが着るんだぞ？」

「でも、わたし、きれいかどうかは、わからないから」

諦《あきら》めたように少し投げやりな口調でそう言うアンジェが可哀想《かわいそう》になる。

「でも触ってみて分かることもいっぱいあるし、想像して分かることもあるし」

「うーん、想像……」

「それに、選ぶのはドレスだけじゃないよ？　花も料理も音楽も、二人で好きなものを選ぶんだ」

「二人で、選ぶ……たのしそう！」

先程までの震える声音はどこかへ行ってしまい、とっても可愛い笑顔でそう言ってくれる。

「でも、いろいろ選びに行くのも本番の結婚式をするのもアンジェが車椅子だと不便すぎるだろう？　だから、式はアンジェが歩けるようになってからにしようかと思ってる」

「歩けたら、結婚式できる⁉」

興奮しているアンジェは可愛いんだけど……。近い、近い。

「そうだけど、ちょっと落ち着いて」

「だって、わたし、セトスさまと、結婚したい！」

「そうだな。俺だってアンジェと結婚したい」

「どうしたら、歩ける？」

よかった、どうしたら良いのかを考えるくらいまで落ち着いてきた。

「そりゃあ、毎日コツコツ練習するしかないだろう。そうやって、アンジェはここまで動けるようになったんだし。前は椅子から動くこともできなかったのに、今では立って足を動かすことだってできるようになってる。これは毎日アンジェが努力した結果だろう？」

「うん」

「だから、これからもコツコツ真面目《まじめ》に練習していけばいいと思う」

「うん、わかった。わかったよ。それならわたしでもできるもん。毎日やるのは大丈夫。しんどいことはできないかもしれないけど、できることはちゃんとやるから」

うんうんと納得したように頷くアンジェにとって、毎日継続して努力することは難しくないのだろうか。

「アンジェはそういうところが一番いいところだよ。毎日コツコツできることと、できないことを『もう一回』ってできるところ。そういうところが俺が一番好きなところ」

「好き？　セトスさま、わたしのこと好き？」

「もちろん。好きじゃなかったらこんなに一緒にいないし、こんなにアンジェのことで努力はしないだろう？」

「そうだね。ごめんなさい。でも、わたしは、セトスさまが好きだよって、可愛いよって、言ってくれるの、好きだから」

ああ、なんて可愛いんだこの生き物は。素直で、一途《いちず》で、真面目で、一生懸命。こんなに可愛い女の子は、俺がいいって言ってくれてる。

「アンジェのこれからの目標は、車椅子に頼らなくても一人で生きていけるようになること。車椅子がダメなんじゃない。アンジェが向こうの家から出るためには車椅子が必要だっただろう？　それに、今も車椅子がないと生活はできない。だから必要なんだけど、頼ってばかりじゃダメだ、アンジェは自分のことは自分でできるようになってほしい」

「車椅子なしで、ひとりで？」

「そう。一人で立てるようになっただろう？」

「うん、なった」

こくりと深く頷くアンジェ。

「前は、一人で立てると思ってた？」

「ぜんぜん、思ってなかった。わたし、なんにもできないから」

「でも本当はそうじゃなかっただろう？　だからアンジェは頑張ったらできるんだ」

「わかった！　がんばって、車椅子がいらないっていえるようになる！　あのね、わたしが、もしひとりで歩けたら、結婚してくれるだけじゃなくて、ほかのところへも、連れていってくれる？」

期待に輝く表情でこちらを見上げてくれているのがとても嬉しい。

「もちろんだよ」

「ほかのところって、どんなステキなところがあるのかなぁ……？」

うっとりと微笑《ほほえ》むアンジェが可愛すぎる。こんな風に言われたら、どんなところへだって連れていってあげたくなるな。

「王都の中にも、公園とかカフェとか女の子が好きそうなところもあるし、アンジェが好きなピアノをプロの人が弾いている、音楽会へも連れていってあげられる。俺の領地は少し遠いけど、海があって山があって川も流れていて、アンジェの知らないものとかいっぱいあると思う。海があるところは少ないから、この国の中でも知らない人はいっぱいいると思うけど、いつかアンジェと一緒に行きたい」

「うみかぁ……どんなものなんだろ？」

「それは行ってからのお楽しみだな」

「セトスさまの、いじわる」

むぅ、と尖《とが》らせる唇ですら可愛いなんて、アンジェは俺をどうしたいんだろうか。

「アハハ、意地悪じゃないよ。知らない方がどんなものだろうって考える分、楽しいだろう？」

「うん、そうかも。車椅子が、いらないっていえるようになって、セトスさまと結婚して、いろんなところへ、連れていってもらうんだ！　ふふふ、すっごく、たのしみ！」

そうやって、期待に胸を膨らませて笑う彼女はとても可愛かった。彼女が期待しているものは、いつか訪れる未来じゃなくて、地道な努力の末に手に入れるものだと思う。

それを成し遂げるために俺ができることは何でもしてあげたいと思った。

「がんばる。がんばるから、歩けるようになりたい」

アンジェの気持ちはいつだって、目標に向かって一途で、一生懸命で、とてもピュア。その想いにまっすぐ応《こた》えてあげることが、俺のできることだと思う。

「アンジェは今、その場での足踏みなら支えありで二、三歩はできるだろう？」

「うん」

「じゃあ、これからの目標は支えなしで足踏みができるようになることか、支えありで前へ進めるようになることかな。どっちが楽かな？」

こてん、と首を傾げるアンジェ。

「言われても分からないよね。一旦やってみようか」

「わかった。転ぶかもしれないから、支えててね」

「大丈夫。絶対俺は横にいるから安心して」

俺がそう言っただけで、アンジェはぎゅっと俺の手を握ってくれた。その手はとても温かくて。見えていないから、俺の手がどこにあるのかも本当は分からないはずなのに、声の位置から推測して俺の手を握ってくれる。

こんな些細《ささい》なことも、彼女がこの半年でできるようになったことの一つ。

「セトスさまの手は、こんなに大きいから、だいじょうぶだよね？」

ふふ、とアンジェはそう言って笑った。

「じゃあ一回、支えなしで足踏みしてみようか」

「うん」

アンジェが自力で立って、俺はその肘をしっかり握って支えてあげるだけ。

「できたね。一回、このまま足踏みしてみよう」

そう言うと、トントンとゆっくり、踏みしめるように足踏みをする。

「うん、ちゃんとできるよ？　毎日やってるもん」

「そうだな。じゃあゆっくり手を離してみるよ？」

「離すのはむり。ちょっとだけは、持ってて？」

今は肘の辺りをしっかり握りしめるように持っているけれど、手を持つだけにした。いざという時には助けられるけれど、アンジェが自力で立つような風になる。すると、バランスを保持する力が弱いのか、途端にアンジェは左右に大きく揺れ始める。

「むり……こわい、こわいよ」

ただでさえ揺れているし、練習中に転んだ記憶が蘇《よみがえ》ってくるのもあるのだろう、アンジェは手を離されることをとても怖がった。俺の腕を握る指先と爪《つめ》が真っ白になるくらい力を入れている。

「ごめん、怖かったね」

そう言って、そのままぎゅっと抱きしめてあげる。震えていた体も次第に落ち着いてきて、すっと俺の腕の中で力を抜いた。

「もう大丈夫か？」

そう聞いてみると微《かす》かに頷く。だけどそれは、俺が大丈夫かと聞いたから頷いただけで、このまま練習を続けられるような状態ではない。

「ごめん、怖かったな」

一旦椅子に座らせようとすると微かに首を振る。

「だいじょうぶ。できる」

ほんの微かな声だったけれど、アンジェは自力で恐怖に立ち向かっているんだ。

「本当に大丈夫？」

念押しすると、今度はしっかりとした頷きが返ってきた。

この子は強い。この強さにも、俺は惹《ひ》かれているんだろうな。


「大丈夫そうなら、前に進んでみようか。俺が支えているから大丈夫。だから安心して、一歩を踏み出してみてほしい」

そう言うとこくりと頷いてくれたものの、どうやったらいいのかと、とても戸惑った顔のアンジェ。

そうか、彼女は『前に進む』ということをしたことがないから、分からないんだ。

「いつも足踏みの練習をする時みたいに片足を上げて、普通に下ろすところよりも前に下ろしてみて？」

軽く頷いて左足を上げる。そして、つま先がほんの三センチくらい前に出るように足を置いた。

「そうそう。ちょっとだけ前に出られるだろう？　それを繰り返していけばいい。逆側の足を上げて、同じことをやってみて？」

歩くとは言えないくらい、前に進める距離は短い。ほんの三センチくらいずつだから。でも、いま無理に歩幅を大きくしていく必要はないと思う。

それよりも前に進むという動きに慣れてもらう方が先なんじゃないかな。もともと足踏みはできていたから、ほんの少し前に進むということはさほど難しくないんじゃないかと思っていた。でも俺たちにとって普通の、「歩く」っていうことはいろんな動きを一度にしていることだということが分かった。

足を前に出す、体重をその足にかけることによって前に体重が動く。それから、重心が動いて前に進む力になっているんだと思う。でもアンジェは前に足を動かすのと重心を動かすのをバラバラにするせいでとても動きがぎこちなくなるし、その間にバランスを崩しそうになってしまう。

「アンジェ、一回感覚を変えてみよう？　前に進むんじゃなくて、俺に向かって倒れるみたいにしてほしい。それでその倒れそうになった体を足を前に出すことによって支える。言っている意味分かる？」

「……うん、ちょっと」

倒れる時にそれを支えるように足を出す。俺は足を出すことによって進むと思ったけど、そうじゃないみたいだ。

「前に倒れるみたいに……そう。アンジェは、足を出すのと体を動かすのが別々だからフラフラしてしまうんだ。だから、体を先に動かして、それに足がついてくるようにしたらちょっとはマシになるかもしれないと思って」

「わかった」

アンジェの体重が俺の腕にかかる。大した重さではないけれど、前に倒れそうになった瞬間に、アンジェの足は前に出た。ほとんど本能的な動きだと思うけれど、彼女にとって大きな一歩だ。

「……あっ」

微かに驚いたような声が出た。

「こういうこと……？」

「そうだな」

さっき歩こうとした時は、足がほんの数センチ前に出ただけだった。

でも、今は一歩と言えるくらい進むことができたのだ。

「わかった、わかったよ！　みんな、こうやって、歩いてるんだ。わたしにも、できるんだ！」

アンジェは高揚して頬《ほお》を赤くしている。

そして弾むような声で喜んでいる。

「そうみたいだな。正直、俺は歩く時に前に倒れているか、足を出しているかなんて、全く考えたことはなかったけど、アンジェのおかげで新しい発見ができた」

その時、ふと気づいたことがある。

「これ、車椅子を押した方が動きやすいんじゃないか？」

「なんで？」

「車椅子の方が細かく動けるし、俺がいなくてもできるし」

「……セトスさまがいい」

少し俯《うつむ》きがちに細い声でそう言うアンジェ。

「ダメじゃないなら、セトスさまがいい」

物事は効率ばかりを追い求めていてもいけない、という、自分がよく指摘されることを思い出した。世の中は効率だけで動いているんじゃない。動かしているのは人間なんだって。

「ごめん、そうだね。アンジェが良いと思うやり方が良いに決まってる」

「じゃあ、続き！」

明るい声で、アンジェはそう言う。足に負担がかかりすぎないように気をつけないと、とは思うけれど、アンジェは自分が歩けるということに感動して、どんどん前へ進みたがっている。俺の腕にしがみつくように体重をかけて、ぎこちないながらも足を前に出そうとするその顔には満面の笑みが浮かんでいて。その笑顔を眺めたいのは山々なんだが、アンジェの足が俺の足を踏んでしまわないように気をつけるだけで俺は精一杯。

だけど今日は、彼女にとって記念すべき日だ。はじめの一歩を踏み出した日。

「セトスさま、わたしにも、できたよ！　わたし、歩けるの！」

「アンジェ、おめでとう。本当に頑張ったね」

ようやくここまで来た。長くかかったようにも思うけれど、俺たちが歩んでいく時間に比べればほんの一瞬だったと思う。これからの長い長い間に、二人でいろんな『初めて』を経験していくんだろうな。

七章　冬から春へ

「うー、寒い」

職場からの帰り道。馬車を使っているとはいえ、足元から染み込んでくるかのような寒さにうんざりしていると。

「……雪か」

誰《だれ》もいないのにそう呟《つぶや》いてしまった。今年の冬は寒くなるのが少し遅かったけれど、いよいよ初雪だ。車寄せから離れまでの短い間も、コートの襟を掻《か》き合わせるようにして足早に歩く。

アンジェの待つ暖かい我が家へと。

「ただいま」

「おかえりなさい！　さむいね！」

扉を開けた途端にアンジェが出迎えてくれると、それだけで一日の疲れが吹き飛ぶくらいに癒《いや》される。

「ああ、寒いな。外は雪だし、家の中にいても寒いだろう？」

「ゆき？」

「あれ、雪降ってるけど、知らないのか？」

「知らない。……行きたい‼」

アンジェがキラキラの笑顔でそう言ってくるし、できるだけ彼女の希望は叶《かな》えてあげたいんだけれど。

「寒いけど、本当に行くのか？」

「行きたい！　だって、ゆきって知らないもん」

「それなら、ちょっとだけ待ってくれるか？　さすがに寒いから暖まりたいし、アンジェが外に出るなら上着も着ないと」

「あ、そっか。このままの服じゃ寒いね」

今すぐには無理だと分かってくれたが、とにかく外には行きたいらしい。

「日も暮れてるし、ちょっとだけな？」

「うん！　イリーナ、上着ちょーだい！」

知らないものへの期待でワクワク顔のアンジェに苦笑いのイリーナ。

「お嬢様、主様《あるじ》はお帰りになったばかりですし、少し休んでからになさった方がよろしいのではないでしょうか？」

「あ、そっか。ごめんなさい、セトスさま。ちゃんと考えてなかった」

一旦リビングで暖まっている間に、イリーナがアンジェにしっかり寒さ対策をさせる。マフラーと手袋とふわふわしたコート、毛糸の帽子を身につけたアンジェは、雪だるまみたい。

「モコモコだなぁ！　可愛《かわい》いよ」

「ちょっと、あっつい」

「外に出たら寒くなるから、少しの間だけ我慢しててね」

車椅子《くるまいす》を押して外へ出ると、扉を開けただけでアンジェが首を竦《すく》めた。

「さむいね。風が痛いし」

「無理だったらすぐ中に入るから言って」

寒さに慣れていないのに、いきなり雪の日に外に出たら寒いだろう、と思ってそう言ったのに。

「だいじょうぶ！　ゆき、なんでしょ？」

アンジェの興味は寒さに勝るようで、ワクワク顔のまま。好奇心に溢《あふ》れる可愛い顔を早く見たくて、屋根のない所のベンチの隣で車椅子を停める。こうしたら、ゆっくり彼女の感動する顔を見れるから。

「ちょっと雪がおさまってきてるから、アンジェにはちょっと分かりにくいかもしれないな」

「んー……」

しばらく、雪を探すように手を伸ばしていたが。

「やっぱり、じゃま」

そう言って手袋を外してしまった。

「寒くないか？」

「ん、だいじょうぶ。手袋してると、わかんなくなるから」

そうしているうちに少し雪が強くなってきた。

「こうやって、手のひらを上に向けて待ってたら降ってくるよ」

「……あっ！」

右の頰《ほお》に手を当てる。

「当たった？」

「わかったよ、これが、雪！」

頰をぺたぺたと触っている。

「当たってから、しょわっ！ってなって、それが水になるの」

しょわ？

どういう表現か分からないけど。

「雪が溶けるのが、しょわ、ってこと？」

「そう、そう！　雨はぱん、って当たるけど、雪はふわっ、てした後、しょわってなるの」

俺《おれ》は雪をそんな風に感じたことはないけれど、彼女にとっては肌の感覚で感じて、音で表現するものなんだな。

「雪が、いっぱい！　どんなものかわかったら、感じやすい」

テンションが上がって、手足をぱたぱたと動かすのが小動物系で可愛い。顔に雪が当たる度に感動する彼女を見ていると、この綺麗《きれい》な景色を見せてあげられないのが本当に悲しい。真っ暗な夜空に、光を受けた雪がキラキラと反射するのはとっても綺麗なのに、同じ景色を共有することはできない。

「セトスさま、ありがと！　雪って、こんなものなんだね！　ふわふわが、顔とか手で溶けて水になっちゃう」

手のひらの上でただの水に変わってしまう雪が、少し残念そうだ。

「でも、次のが降ってくる！　手より、顔の方が、ちゃんと分かるから、顔に来てくれないかなー？」

「でも、顔に当たったら冷たいだろう？」

「うん、冷たい。だからかな？　ちょっとずつ、感じにくくなってるかも」

「風もあるから、だんだんかじかんできてるんだろう」

寒さで可哀想《かわいそう》なくらい赤くなっている頬や耳。照れている時みたいでちょっと可愛いけど、そのままにしていたら痛くなってしまうから。

「触るよ？」

手袋を脱いで、アンジェの頬に手を当てる。声をかけたとはいえ、突然だったからびっくりしたみたいだ。

「あったかい。……ありがと」

俺の手のひらに擦《す》り寄る彼女の頬は、温める前より赤くなっているんじゃないかと思うくらいで、照れているアンジェはやっぱり可愛い。

それから、冷たくなった耳も揉《も》むようにして温めてあげる。

「寒いだろう？　もうそろそろ部屋に入ろうか」

「んー、もうちょっと、ここにいる。だから、あっためて？」

小首を傾《かし》げてそう言う彼女の破壊力は、ヤバい。いつまでも眺めていたいくらい。

「セトスさまの手、おっきくて、あったかいね」

正直に言おう、雪なんてどうでもよくなった。とにかく、アンジェが可愛い。

しかも、このふわふわの可愛い笑顔は、俺だけのもの。

＊

外から戻《もど》ってきて、コートについた雪を払う。アンジェの雪も払ってあげて、そのまま暖炉の前に直行だ。寒すぎるから。

二人で雪の中にいて、アンジェを見ていると寒さはあんまり感じないのに、帰ってくると途端に寒さが体にこたえる。

「雨より、ふわふわだったね！」

アンジェが楽しかったようで何より。

「ふわふわだけど、すぐに溶けるから結局あんまり雨と変わらないんじゃないか？」

雨と雪の違いは肌で感じにくいものだと思う。見た目には分かりやすいが、雪も肌に当たったら溶けて冷たい水になるだけだから。

「そんなことないよ？　雨に、当たったことないから、ふわふわかどうかは、わかんないけど……」

言いたいことが言葉にならないように言い淀《よど》んで、手をぱたぱたと振る。

「んー、なんて言うの？　耳が、ふわふわ、みたいな？」

「耳が？」

「そう。んー、雨は、家のなかでもわかるけど、雪は、わからない、から？　んー、ちょっと、ちがうかな？」

じれったそうに、伝える方法を探している。

「あっ、そうだ、ピアノ！」

アンジェが突然飛び跳ねるみたいにしたから、びっくりした。

「ピアノで、いい感じに弾けるかも」

「なるほどな。時間も遅いから、ちょっとだけだぞ？」

「わかった！　ちょっとだけでも、やりたい」

イキイキした顔のアンジェを母屋のピアノへ連れていく。最近は歩く練習をすることが多くて、アンジェのピアノを聴く機会がなかったから俺も楽しみだ。以前していたのと同じように、車椅子から抱き上げてピアノの椅子に移そうとすると。

「主様、横に停めるだけでよろしいですよ」

イリーナにそう言われる。

「ん。だいじょうぶ」

言われたように隣に停めると、アンジェは自分で立ってピアノの蓋に手をついて横に移動し、ピアノ椅子に座った。

「ね、わたしも、できるんだよ！」

誇らしげな笑顔が可愛すぎる。

「よしよし、アンジェは本当に、よく頑張ってるな」

軽く頭を撫《な》でてあげると、その手に擦り寄るようにする。まるで子猫みたいに。

「うん、がんばってる。ピアノもね、弾ける曲が増えたから、今度、セトスさまも聴いてね？」

「ああ、楽しみにしてる」

「それより、雨と、雪のことね」

ピアノに向き直り、滑らかな動きで蓋を開く。まるで見えているかのようにためらいのない動きで、アンジェができることが着実に増えていることが無性に嬉《うれ》しい。

「あのね、強い雨は、こんな感じ」

低い音をトリルのように連続して打ち鳴らす。

「ちょっとこわいくらい、はっきり、聞こえる」

「うん、なるほど。それは俺にも分かる」

「セトスさまも、そう思う？　それで、ちょっと弱いときは……」

さっきと同じ音で、少し音の間隔が開く。

「雨の強さが音の間隔ってことか。確かに、強くなるほど連続した音になるな」

「そう。それだけじゃなくて、一個ずつの、大きさがちがうときも、ある」

少し高い音でのトリル。

「こんな風に、一個は軽いけど、いっぱい降る、みたいな」

「そういうのは『霧雨』っていって、あんまり濡れないんだ」

「へぇー、そうなんだ。また連れてってね？」

「もうちょっと暖かくなってからな」

「うん！　ぜったいだよ？　それで、今日の雪は、もっと音が高くてね……」

高音を、ポロロン、ポロロンと四つほどの音を繋《つな》げて弾く。

「下に、つくまでに、ゆれるみたいな、感じ」

「確かに雪はふわふわ動くな」

「見えてても、そうなんだ！　それに、雨はほんとの音だけど、雪はあんまりほんとじゃない」

「本当じゃないって？」

「だって、雪は音がしないでしょ？　でも、音がするみたいな、気分になるの！　わたしが、そんな気分、みたいな？」

こてん、と首を傾げる。

「アンジェが言いたい雪の音は分かったけど、それはもう作曲じゃないのか？」

「さっきょく？」

「アンジェが自分で曲を作るんだ。感じたことをそのままにしないで、ピアノとか、歌とか、とにかくアンジェにできる方法で誰かに伝えるってこと」

「伝える、のかぁ……楽しそうだね！」

「それに、俺はアンジェがどんな風に感じてるのか知りたい」

「なんで？　わたしより、セトスさまのほうが知ってるよ？」

「そんなことはないよ。俺はアンジェに言われるまで雪の音なんて考えたこともなかった」

彼女の感じる世界と俺の世界は大きく違う。それが感じられたことも嬉しかった。

「そっか。セトスさまは、見えてるから、音はなくてもいいんだ」

「なかったら困るけど、アンジェほど敏感じゃないな」

「じゃあ、雨と、雪の音を繋げてピアノの曲にするね！　そうしたら、セトスさま、聴いてくれる？」

「もちろん。アンジェが俺のために考えてくれるなんて、楽しみだな」

「がんばるから、楽しみにしててね！」

キラキラの笑顔を浮かべるアンジェは本当に可愛くて。今までなら寒くて嫌なだけだった雪の日が、とっても良いものに感じた一日だった。

＊

「アンジェちゃん、明日はお暇《ひま》？」

次の日、俺が帰ってきたのを見計らったタイミングで、母上がやってきた。

「何をするんですか？」

「仕立て屋さんを呼んで、アンジェちゃんのドレスを仕立てたらどうかと思って」

「ドレスですか……まだ早いんじゃあないですか？」

「そんなことないわよ？　結婚式まではあと半年くらいだし、今からじゃあ遅いくらいよ。それに、お式の衣装だけじゃなくて、普段パーティーに行くためのドレスだってちゃんと用意しておかないとね」

「結婚式……パーティー……」

アンジェはどんな風なのかイマイチ想像できないようで首を傾げている。

「結婚式は、一生に一度きりの晴れ舞台だもの、とびっきりのドレスを用意しないと」

「きれいなドレス、着てみたいです」

「そうよね、女の子はみんな、可愛いドレスが大好きですもの。明日はセトスもお休みよね？　一緒に選ぶでしょう？」

「母上に任せておいたらアンジェの意見を聞いてもらえなさそうですし、俺も付き合いますよ」

「じゃあ、明日ね！　楽しみにしてるから！」

言いたいことだけ言って去っていく母上。ちょっとげんなりする俺とは対照的に、アンジェは楽しみなようだ。

「あと、ドレスを選ぶために教えてほしいことがあって」

「なあに？　セトスさまの知らないこと？」

「うん。アンジェの瞳《ひとみ》の色が知りたいんだ。俺みたいな地味な色ならともかく、綺麗な色をしていたらそれを取り入れることも多いから」

普段はあまり意識しないが、華やかな場では父上や兄妹の金髪を羨《うらや》ましく思うこともある。母上や俺の、スタンダードな茶色はあまりにも地味だ。

「そうなんだね……。んー……」

同意はしてくれたものの、今ひとつ煮え切らない返事だ。それに、彼女の心を表すかのように、顔はそっぽを向いたまま。

「アンジェ、どうかした?」

彼女は目が見えないだけで、瞼《まぶた》の動きには特に症状があるとは聞いていない。確かに開いたところを見たことはないが、言えば開けてくれると思っていた。

「ん……。それって、どうしても?」

「アンジェが嫌ならいいよ」

俺の言うことにここまではっきりとためらいを見せることは初めてだから、その意見を尊重して一旦は引き下がった。けれど、少し思い直す。自分の意思をあまり示さないアンジェがこれだけ嫌がるということは、何か理由があるはずだ、と。

「俺は、アンジェの目を見れなくてもいいんだけど、嫌だと思うのには何か理由があるのかい?」

意識して優しく聞く。もちろんアンジェにキツい物言いをしたことなんて一度もないけれど、いつもより尚更《なおさら》気をつけて慎重に。

「んー、セトスさまには、言われたくないの。絶対。だから……」

口ごもっている上に曖昧《あいまい》な返事。何か、よほど嫌な原因があるのは間違いない。

「うん、アンジェは嫌なんだね」

母上と話すから、俺はアンジェの対面のソファに座っていたのだが、隣に座り直してそっと肩を抱く。それだけで、彼女は少し安心したような表情になった。俺が信頼してもらえている証《あかし》。

「ん、いや、だったの。とっても」

最近はかなり普通に話せるようになっているのに、昔のような片言に戻ってしまっている。そこまでして聞き出すほどのことじゃないから、もう瞳の色の話は禁句にしようかと思った時に。

「あのね、セトスさまは、わたしのこと、嫌いじゃない、よね？」

「ああ、もちろん」

「じゃあ、見ても、いい、かな……？」

どうしようか、とても迷っているようで、指先がうろうろと宙をさまよう。その手をとって、温めるように包み込むと、ふぅ、と安心しきったため息が漏れた。

「そうよね、セトスさまだもん。かあさまとは、ちがう」

そうアンジェが呟いたから、俺ははっきり意識して怒りを抑え込む羽目になった。また、家族かと。まだ実家の面々がアンジェの邪魔をするのか、と。

「さっきも言ったように、嫌なら話さなくてもいいよ。ただ、俺はアンジェの母親とは違う、と言っておくけれど」

「ん。そうだよね。じゃあ、言ってもいい？　聞いてくれる？」

「もちろん。ゆっくりでいいよ」

普段はほとんど動かない瞼がぎゅっと強く瞑《つぶ》られていて、本当に可哀想になる。咄嗟《とっさ》にその瞼を撫でてあげると、アンジェが自分の手で俺の手を押さえたから、彼女に目隠しをしたような格好になった。

「ん、このままが、いい。セトスさまは、やっぱり、あったかいね」

無意識にこわばっていた身体もやっとほぐれてきたけれど、話し方は戻らないまま。それでも、淡々と話し始めた。

「あのね、かあさまに、いわれたの。わたしの目は、人間じゃないみたいで、きもちわるいんだって」

涙声でそう語られると、俺の中にもうどうしようもない感情が溢れて止まらない。その勢いのままに彼女を抱きしめた。

「辛《つら》かったな、可哀想に」

上手《うま》く言葉が出てこなくて、そんなありきたりなことしか言えない。代わりに力いっぱい抱きしめてあげる。

「ん、つら、かった」

俺のシャツを握る手には強い力が入っていて、それだけ辛い思い出を話させてしまったことに強い罪悪感がある。

「ごめんな、アンジェ。辛いことを話させてしまって」

「ううん。あのね、聞いてほしかったかもしれないの。こうやって聞いてもらって、ぎゅーってしてもらったら、ちょっと楽しい気持ちになれたかも」

「それなら良かった」

その言葉通り、話し方もいつもと同じように戻ってきていて、彼女の中だけに溜《た》まっていた苦しい記憶が、俺と共有することで少しでも軽くなったのなら嬉しい。

「それでも、セトスさまはわたしの目を見たいって思う？」

「その話を聞いて、益々《ますます》見たいと思ったよ。だって、アンジェの目を見たことがある人はほんのわずかしかいないだろう？　その上、酷《ひど》いことを言われてトラウマを背負わされた。俺は、アンジェがそのまま苦しい思いをし続けてほしくないんだ。できるなら、俺が上書きして、母親の言葉なんか忘れさせてやりたい」

「ほんとの、ほんとに、見たい？」

「うん。何より、もうこれからアンジェが他の人に瞳を見せる機会はないだろう？　だから、俺だけが知っている、俺だけのものにしたい」

アンジェのために、と思っているのも確かだけれど、それも間違いのない本音。実家の元家族が知っているのに、俺だけが知らないのは嫌だ、という嫉妬《しっと》。それに、アンジェの全てを知っていたいという独占欲。

「セトスさま以外に見せることなんてないよね？　だから、セトスさまだけのもの。それって、とってもステキかも！」

先程まではとてつもなく辛そうだったのに、少しは気分が上向いてきた様子。空元気《からげんき》も混じっていそうだが、明るい声になってくれるとこちらも嬉しい。

「そう思ってもらえるなら俺は嬉しいよ」

「じゃあ、はい。見せてあげる！」

あんなに嫌がっていたのに、とても元気よくぱちりと目を開けてくれた。

彼女の瞳は、まるでペリドットのような美しい若葉色。しかも、先程少し泣きそうになっていたから涙で潤みきっていて、それが光を反射してキラキラと輝くよう。

「アンジエ、とても、とってもきれいな色だよ」

「そうなの？　変じゃない？」

「変じゃないし、俺は好きな色だよ。ペリドットっていう宝石に似てるから、アンジェにも身につけてほしいな」

思ったまま率直に褒《ほ》めてあげるだけで、彼女はぱあっと花開くように笑ってくれて、少しでもトラウマを薄くできたのならとても嬉しい。

ただ、確かに目の動きは普通ではない。左目はただぼんやりと前を向いているし、右目は制御を失って忙《せわ》しなく動き続けている。知らない人が見たら、生理的な嫌悪を感じてしまうかもしれない、とは思う。

それを実の娘に直接言う、その神経の方が『人間じゃないみたい』だとは思うけれど。

「もう閉じていいよ」

「うふふ。セトスさまに、わたしの目が好きって言ってもらったの、とってもうれしかったのよ？　キレイだと思ってくれたんだよね？」

「今まで特に好きな色はなかったんだけど、今日決まったよ。薄黄緑色、アンジェの色だ」

「やったあ！　わたしの色、セトスさまも使ってくれる？」

「もちろん。今後使うアクセサリー類は、ペリドットを使ったものにするよ」

今までは誰かが見立てたものをそのまま身につけていたが、これからは必ず黄緑色の宝石を使うように指定しよう。

「明日選ぶドレスも、その色にするの？」

「そのつもりだよ。本当のアンジェの色は俺だけのものだけど、それとは別に、アンジェはこんなにキレイなんだって自慢したいとも思ってるんだ」

「そんなに好きになってくれたの、うれしい。明日、楽しみだね！」

屈託なく笑うアンジェはとても嬉しそうで。

彼女の嫌な記憶を消すことはできないけれど、それよりもっと嬉しいことで上書きできたことが、俺は何よりも嬉しかった。

＊

翌日。

「お嬢様、動きますよ」

アンジェの乗った車椅子をイリーナが押して、母屋のサロンへと向かう。俺の気持ちとしては俺が押してあげたいんだけれども、出入りの仕立て屋の前で俺が自ら押すのは貴族としてあまり外聞が良くないから、仕方がない。

サロンに着くと、もう母上とティアリスが生地《きじ》選びを始めているところだった。

「アンジェちゃん、来たのね。先に始めていて申し訳ないと思ったんだけれど、いい生地があるかと思って。これなんてどうかしら？」

「お姉様はもっと明るい色が似合われると思いますわ？　こんなピンク色なんてどうでしょう？」

「あら、それはちょっと幼すぎるんじゃないかしら、デビュタント前の子が着るようなドレスよ、それじゃあ」

「でもお姉様は可愛いですしこういうものの方が似合うんじゃあないですか？」

アンジェをそっちのけにして盛り上がる二人。

「あの、わたし、薄い黄緑色がいいです」

話の合間に何とかそれだけ言った。俺としては、アンジェが自分で言い出せただけでもちょっとした驚きだ。

「アンジェちゃんが色を指定するなんて、思っていなかったわ。何の色なの？」

「わたしの、目の色です。セトスさまが、きれいだって言ってくれたから」

「あら、そうなのね。セトス、どんな色なの？」

「とても綺麗に澄んだペリドットのようでした。今後は俺のものにも使うつもりですので覚えておいてください」

アンジェの綺麗な瞳をまるで自分のことのように自慢するのはとても楽しい。

「へぇ、そこまで言うなんて素晴らしいのね。私にも見せてくれる？」

「あの、ごめんなさい。わたしの目は、セトスさまのものだから。他の人には、見せたくないの」

「あーら、独占欲？　お熱いわねぇ！」

母上が年頃の少女のようにキャッキャしているのは見ていて痛々しい気もするけれど、仲の良さをアピールするように腰を抱く。

「アンジェは母上のおもちゃじゃなくて俺のものですので」

「言うじゃないの！　若いっていいわねぇ！　いえ、セトスの惚気《のろけ》に付き合ってる場合じゃないわ。黄緑色なら、新緑をイメージして軽い雰囲気のドレスの方が綺麗よね。アンジェちゃんも触り心地は分かるし、一緒に選びましょ」

母上お勧めの生地をアンジェにも触らせて、一緒に選び始めるかと思ったら。

「あの、お義母《かあ》さま。あの方は、誰ですか？」

部屋の片隅に控えた仕立て屋を手で指し示してそう言った。

「あら、分かったの？　あの子は、うちによく来てくれる仕立て屋のシャーリーよ。シャーリー、こっちに来てくれる？」

「よろしいのですか？」

「ええ。アンジェちゃんは初めての人がいたら緊張するかと思って黙っていてもらっていたんだけど、普段はシャーリーにアドバイスしてもらって選んでいるのよ」

「わかりました。あの、アンジェといいます。よろしくお願いします」

正しくシャーリーの方を向いてお辞儀をするアンジェ。

「目がお悪いとお聞きしておりましたが……」

「そうよ。アンジェちゃんはとっても耳が良いから、まるで見えているみたいでしょう？」

なぜか自分のことのように自慢する母上。

「本当に、素晴らしいお耳ですねぇ」

まぁ、俺もアンジェが褒められていると自分のことのように嬉しいから、母上のことをとやかく言えないかもしれない。

「触り心地を重視されるのでしたら、こちらの生地などいかがでしょうか？　あまりはっきりとしたお色には向いていないのですが、柔らかい生地ですし、ふんわりとした風合いになります」

「ふわふわで、サラサラですね」

「他にも、こちらの生地は……」

女四人で話し始めてしまったら、俺が口を挟むことなどできはしない。しばらく黙って会話を聞き流していた。

「セトスさまは？　どれがいい？」

「アンジェはどれが気に入ったんだ？」

「これ」

柔らかい生地で、肌触りの良いものが好きなようだ。

「じゃあ生地はそれにして、あとは色だな。全体を黄緑にしたらアンジェに似合うし爽やかでいいと思うんだが、ちょっと幼い感じがするかな……」

「いいんじゃないかしら？　アンジェちゃんは可愛らしい雰囲気だし、あんまり年齢を意識しすぎたらかえって歳《とし》がいってみえるから」

「若いうちしか着られないお色ですからね」

母上もシャーリーも賛成してくれるようなので、ドレスの生地と色は決まった。

「形は時期に合わせたものにしてもらった方が無難よね？」

「そうでございますね、あまり流行《はや》りに左右されない、ベーシックなタイプが良いかと思います」

「それじゃ、次はウエディングドレスね！　アンジェちゃんは柔らかい生地の方がいいみたいだけど、ウエディングドレスはある程度ハリのある生地の方が綺麗に見えるわよね？」

「そうでございますね。例えばこのような生地で……」

慣れない場にアンジェが疲れてしまうようなら、一旦今日は終わりにして別の日にしようかと思っていた。だけど、彼女はとても楽しそうだし、まだ大丈夫そうかな。あんまり過保護にしすぎてもいけないと思うし、今回のように慣れた人が多い中で少しずつ他の人に慣れる方がアンジェにとっても良いと思う。

ウエディングドレスは白と決まっているし、生地の種類もあまり選択肢がない分、さっきより早く決まった。だが、問題は形だ。結婚式の場合はどんな形のドレスでもいいし、その分デザイナーの腕にかかっているとも言える。

「どんな感じがいいかしらねぇ……やっぱり、アンジェちゃんの可愛らしさを見せるためにはバルーンっぽい、ふんわりしたドレスかしら？」

「俺は、基本は普通の感じで、薄いふわっとした生地でヒラヒラを付けるのが良いと思う」

俺はドレスのことなんかさっぱり分からないから上手く表現できなかったが、プロにはちゃんと伝わった。

「では、Aラインのロングスカートに、オーガンジーとチュールを重ねましょう。レースもふんだんに使って、妖精のような雰囲気になれば、お似合いだと思います」

「そうよ、アンジェちゃんは今のままでも十分妖精さんみたいで可愛いから、もっともっと可愛くなれるわよ！」

「俺がそう思ってるだけで、実際に着るのはアンジェだからな。どんなものがいい？」

「わたしは、セトスさまが好きなのがいい」

アンジエの素直な発言にぐっとくるが、横からティアリスが口を挟む。

「お姉様、人生に一度きりですから、自分のしたいことを言った方がいいですよ？」

「ううん。セトスさまが、一番かわいいと思う、わたしになりたい」

「……ありがとう」

一途《いちず》に俺のことを考えてくれていることが本当に嬉しい。

「アンジェちゃんも納得してくれたし、これで決まりね。出来上がるのが楽しみだわ！」

「うん、楽しみ。セトスさま、出来上がったら、一番キレイなドレスを着たわたし、見てね？」

「もちろんだよ」

アンジェがこの国で一番可愛い花嫁さんになるのは間違いない。

今から結婚式が待ち遠しくて仕方がないな。

＊

「あしたは、セトスさまが、お休み！」

外は吹雪《ふぶき》だというのに、アンジェのテンションは高い。普段は俺が仕事に行っている間、ピアノを弾いたりイリーナに本を読み聞かせてもらったりして過ごしている。俺がいたらいろいろとできることも増えるから楽しみにしてくれているんだろう。

「ねぇ、あしたはどこに行くの？　お外行ける？」

まるで子供のように外出をねだるアンジェには悪いけれど。

「この調子だと外に出るのは難しいかもしれないなぁ。外は吹雪だからな。明日の朝までに止《や》むかなぁ？」

「ふぶき、って？」

「雪がめちゃくちゃ強く降って風がすごく強いこと。ドアや窓がカタカタいってるだろう？」

「うん、風が強いのはわかる」

「外はすごい雪なんだ。もしかしたら明日は積もるかもしれない」

「つもる？　雪が？」

「そう」

「わたし、雪がつもるの知らないから、楽しみにしてるね」

「どうだろう、止んだら外へ出られるけれどなぁ」


そんなやり取りをした翌朝。

晴れ渡った、抜けるような青空の下、一面の銀世界が広がっていた。

「セトスさま、おはよう。雪、やんだよね？」

「そうだな、すごく晴れてるぞ」

「じゃあ、お外に行けるよね？　あっ、でもすっごく寒いかな？」

アンジェは未知の雪に対して期待を膨らませている。

「いや？　そうでもないぞ。雪は降る前の方が寒くて、積もってしまったらそこまで寒くはなくなるから」

「そうなんだ。わたし、家の中にいるから、あんまりわからないの。外、行きたいな」

可愛いアンジェのおねだりには全力で応《こた》えてあげたいところだけれど。

「とりあえず朝ごはん食べてからな」

「ごはんは、あとで！」

「だめだ、体が冷えるから」

「えぇー」

「子供みたいなワガママ言わない」

「はーい」

そわそわと落ち着かない様子のまま朝食を食べ終える。

「ごちそうさま、でした。セトスさま、行こう？」

抱っこをねだる子供のように、両手を俺の方に突き出してそう言う。

「そうだなぁ……滑りやすいし、車椅子で行こうか」

「わたし、お庭くらいなら、歩いて行けるよ？」

確かにここ最近は訓練のおかげで、俺の補助があれば部屋の中をクルクル歩くくらいは支障なくできるようになっている。おそらく庭までも行けると思うけれど……。

「雪の日は地面が凍ってツルツルになってるから、今のアンジェじゃまだ危ないと思う。雪の上を歩くのは大丈夫だと思うんだけど、それまでの間がなぁ……」

「わかった。じゃあ、くるまいすに乗せて、連れてって？」

玄関はタイル張りで滑りやすく、俺でも油断すると滑りそうなくらいだけど、庭に出てしまえばそんなこともない。むしろ車輪が雪に埋まってしまうから車椅子の方が動きにくい。たかが五センチくらいの積雪だから無理すれば動けるけどな。

「この辺りならアンジェも歩けるだろう」

適当なところで車椅子を停めてあげると立ち上がりたくてうずうずした顔でこちらを向く。

「そんな顔しなくても分かってるから、焦《あせ》らないで」

「焦ってないよ？　楽しみな、だけ！」

手を貸してあげると、ほとんど自力で立ち上がる。

「えっ……？　なんだか、思ってたのと、ちがう？」

「どう違うんだい？」

「もっと、ふわふわで、お布団みたいだと思ってたの。でも、思ってたより、ザクザクしてて……それに、ぎゅって踏んだら、コリコリしてる」

「もっと重たい雪の時はベチャベチャになる時もあるし、今日はふわふわの粉雪だったから結構コリコリした踏み心地だろう？」

「うん。すっごく、変わってる」

そう言って足踏みをするアンジェ。

「でも、一回だけだね。コリコリしてるの」

「まあ、踏み固められるからな」

「じゃあ、動かないと！」

そう言うと、普段は俺が動き始めるのを待っているのに自分から動く。むしろ俺を引っ張っていくようだった。

「あはは、なんだか、足のうらが楽しいね？　これ、くつを脱いだら、ダメかな？」

「それはやめておいた方がいい。絶対に冷たいから」

「そっか、そうだよね。どれぐらい冷たいのかなぁ……？」

「触ってみたら？」

「あっ、そっか」

その場で手袋を脱いで俺に渡す。

「セトスさま、これ持ってて？　わたし、動かなかったら、一人で大丈夫だから！」

そう言って前かがみになったものの、どこにもない。

「えっ……？　どこ？」

困惑しているアンジェ。

「もっともっと、下の方だよ」

アンジェの感覚では、膝上くらいのところに雪の表面があると思っていたみたいだが、実際はそれよりも少し低い。

「あっ、あった！」

嬉しそうに雪を触るアンジェだけど……。

「危ない!!」

バランスを崩して前向きに倒れそうになった。危うく捕まえたものの。

「びっくりした……こわかった」

「できるようになったからといって油断してたら怪我《けが》するよ？」

「はい、ごめんなさい……」

少ししゅんとしたものの、すぐに顔を上げる。

「でもね、わかったよ。すっごく冷たいから、遊ぶんだったら、足でふんでる方が、楽しい」

そう言ってまた俺の手を引っ張りながらザクザクと進んでいく。この辺りは今の季節には何もなくて、春に多少花壇として整える程度だから多少進んでも障害物は何もない。

しばらくそうしてガシガシ踏んで遊んでいたけれど。

「つかれたー」

「そうだろうなぁ、大丈夫か？」

雪があるから足を大きく上げて進んでいるし、そんなに長い間は歩けない。

「車椅子まで戻れる？」

「がんばる、けど、ちょっとだけ、待って？」

アンジェはそう言うけれど、そんな短い時間で復活できそうではない。

「抱き上げるよ？」

「えっ……あっ、はい」

昔、車椅子がまだなかった頃にしていたように抱き上げた。

「ごめんなさい……」

「謝らなくてもいいけど、次からは帰りのことも考えような？」

「はーい」

大人《おとな》しくそう返事をしたアンジェは、叱られたというのに、抱っこしてもらえて嬉しそうだった。

アンジェを車椅子に座り直させてから。

「もう部屋に戻るか？」

「ううん、もうちょっとだけ、ここにいる」

ぼんやりした表情で、ただ座っているだけのアンジェ。疲れすぎたのだろうかと、少し心配になってきた頃に。

「静かだねぇ……」

ポツリと独《ひと》り言《ごと》のようにそう言った。

「そうだな。雪の日は、雪が音を吸収するから静かなんだって言われてる。俺にはあんまり違いが分からないけど」

「へぇー、そうなんだ」

それだけ言うと、また彼女は自分の世界に入っていってしまった。俺といる時に、こんなに静かになることはなかなかないんだけれど、疲れたのと、珍しい環境だからだろうと思ってしばらく放っておくことにする。その間、俺はアンジェが喜びそうなものでも作ってあげるとするかな。


しばらく時間が経《た》って、作り終わってから。

「おーい」

アンジェに声をかけてみる。

「ふぇ？　……はい」

少し驚いたような反応。

「だいぶ時間が経ったから声かけてもいいかなーと思って」

「あの、ごめんなさい」

「いやいや、いいんだよ。だけどちょっとは俺の相手もしてほしいな」

「ほんとに、ごめんなさい。せっかく連れてきてくれてるのに」

「アンジェのためにしてることだから、好きなように時間を使ったらいいと思う。でもその間にできたものがあるから、アンジェにプレゼントしてあげようかなって。大したものじゃないけど」

「えっ、なになに？」

途端にキラキラした笑顔を向けてくれる。

「はい、これ。雪だるまっていうんだ」

アンジェがギリギリ片手で持てるぐらいの小さめの雪だるま。

「うん、冷たいねぇ」

そう言いながら片手で撫で回す。

「雪で作った人形なんだけど、分かるかなぁ？」

「人形ってことは……あっ、これが目で、これが手？」

「そうそう。手は小枝が刺さってるだけだからあんまり触ると壊れちゃうけど」

ちなみに目は穴を彫ってるだけだ。見た目には分かりにくいけれど、触ったら分かりやすいと思う。

「かわいいね、かわいいねぇ。雪でできてるから、ゆきちゃんかな？　ゆきちゃん、ロッシュのお友達になってくれるかなぁ？」

「それはどうだろう？　家の中に入れてしまったら溶けると思うけど」

「あっ、そうか。とけちゃうんだ！　忘れてた。残念だねぇ、ゆきちゃん、すぐいなくなっちゃう……」

「玄関のところだったら屋根があるから、光が当たらなくてちょっとは溶けるのが遅くなると思うけど」

「じゃあ、そこにいてもらおっか」

ほんの短い距離だけど、車椅子を押して玄関まで戻る。手の熱で雪だるまが溶けて、アンジェの膝が濡《ぬ》れているのは後で拭くことにしよう。今雪だるまを取り上げるのは可哀想だ。

玄関アプローチに着いてからアンジェから雪だるまを受け取って、扉の右側に置く。

「ゆきちゃん、ここに置くからな。アンジェから見て右下の辺り」

「うん、セトスさまが、一番とけにくいと思うところに、置いておいて？」

「ここが一番陽《ひ》が当たらないと思う」

「じゃあ、ゆきちゃんバイバイね。また来年の冬に会いにきてね！」

そう言って、ちょっと見当違いな方向だけれど雪だるまに手を振るアンジェはとっても可愛かった。

この雪が溶ければ、春が来る。そうしたら、もっといろんなところへ連れていって、いろんなものを感じさせてあげられるようになる。

春が来るのが楽しみだ。

＊

「イリーナ、少しいいか？」

「はい」

珍しく主様に呼び止められた。主様はご自分のことは何でも自分でやってしまわれるので、私たちに頼まれることはあまりない。

そんな主様がわざわざ言われるということは、やはりお嬢様のことだろうか。

「アンジェのことなんだが」

やっぱりそうだ。主様はお嬢様が大好きでいらっしゃるから。

「もう、アンジェは一人で歩けるくらいになっていると思うんだ。俺の腕にもほとんど体重をかけてないし、普通にしてる時でも一人で歩いているのと変わらないと思う。でも、一人で歩くのは怖いと言うし、実際させてみたらできないんだ」

陰のある面持《おもも》ちで、ふうっ、と息を吐く。

「単純に筋肉がつくところまでついてしまって、これ以上良くならないというところまできたのかもしれないんだけど、何か気持ちの面で引っかかっているところがあるんじゃないかと思って。別に無理に聞き出さなくてもいいから少し気にしておいてくれないか？」

「はい、かしこまりました」

私自身が何かに気づけているわけじゃないけれど、なんなら直接お嬢様に聞いてみても良いかもしれない。主様には言いにくいこともあるかもしれないし。

翌日、主様がお仕事に行かれてから、お嬢様がピアノのお稽古を始めるまでの間に、何げない風を装って聞いてみた。

「お嬢様は最近、主様とどこへでも出かけられるようになりましたね」

「うん！」

とても嬉しそうな笑顔が眩《まぶ》しい。

「イリーナはとても嬉しゅうございますよ。こうなってほしいと願い続けていたのですから。本当に良い方とご婚約なさいました」

「ふふふ。そうでしょう？　セトスさまは、ほんとうに優しいから」

「そうですね。お嬢様が一人で歩けるようになったら、もっといろんなところへ行けるのではないでしょうかねぇ……」

すると、さっきまでの明るい顔が一変した。俯《うつむ》きがちな暗い表情。

「うん、そうだよね」

力ない呟きにしまった、と思った。

「いえいえ、怖いものは怖いでしょうし、できないことは仕方ないと思いますよ？」

「うーん、こわい。とても、こわい。でもね……うーん……」

普段、お嬢様が私相手に口ごもることはほとんどない。やはり、何か心の負担になっているのだろうか？　私たちが何か言いすぎた？

「何か、気になることでもございますか？」

「うーん」

そう言って促してみても煮え切らない返事。

「主様に言えないことでも、私たちに言ってみてはいかがですか？　相談することは案外大切ですよ？」

しばらく思案顔で考えていたけれど、ふと顔を上げた。

「あのね、ほんとに、セトスさまに言わないでくれる？」

「もちろんです。お嬢様が申し上げたくないことであれば、私は絶対に口外いたしませんよ」

そう言いながらも、少し心が冷たくなった。お嬢様は、誰よりも主様が大好きで、主様に全てを任せているような人で。それなのに、その主様に言いたくないことがあるなんて……。

「ダメなのは、わかってるんだよ？　自分でできなくちゃダメだってわかってる。うん、こわいのはあるんだけどね……。そうじゃなくて、わたしが、ひとりで動けるようになったら、セトスさまのとなりじゃ、なくなっちゃうかもしれないから」

少し涙ぐんで悲痛な顔でそう訴えるお嬢様。

「そんなわけないじゃないですか！」

口調が乱れて失礼だとか考える前に、反射的にそう言い返した。

「お嬢様が歩けるようになっても、主様の隣だっていうことは変わりませんよ？」

「でも、歩く時は、絶対セトスさまじゃないといけないってことじゃ、なくなるもん」

もちろん、お嬢様は主様がいないと生きていけないくらい頼りにしていると思う。でも、それと同じくらい、主様にもお嬢様が必要だと思う。だって、あんなにデレデレのお顔でお嬢様を見つめてらっしゃるんだから！

「お嬢様が自分で歩けるようになったって、主様はお離しにならないと思いますよ。たとえお嬢様が嫌がっても、お隣に置くようにされるんじゃないですか？」

「いやがることなんてないもん」

「ものの例えですよ。そんなに気になるのなら主様に直接聞いてみたらいかがですか？　立てるようになったら一緒に歩いてくれなくなりますか？　って」

「そんなこと、聞いちゃダメだよ」

「あら、夫婦の間に言ってはいけないことなんてないと思いますよ？　それよりも、そうやって主様に言えないことがある方が夫婦として良くないと思います」

「そうかなぁ？」

「そんなことでどうこう言うほど器の小さいお方ではありませんよ。お嬢様は不安に思ったことは何でも主様に聞いてみたらいいのです。お嬢様はそうやってここまでこられたでしょう？」

「……そうかも。そうだね！」

ふっ、と何か吹っ切れたみたいな表情をした。

「やっぱり、ひとりで考えてるってよくないんだね。イリーナ、ありがとう。帰ってきたら、セトスさまに聞いてみるね」


その日の夕方。

「あの、セトスさま。ちょっといいですか？」

主様がお仕事から帰ってこられて、夕食までの束《つか》の間《ま》休まれている時に、お嬢様がそう話を切り出した。

「わたし、ひとりで歩けるように、なったほうがいい、ですよね？」

恐るおそる手探りで話を進めるお嬢様。突然そう言われた主様はきょとんとしながらも、

「一人でできるようになった方がいいんじゃないか？」

「そうだよね、うん」

二人の間に沈黙が降りるけれど、私は心の底からお嬢様を応援する。ぐっ、と決意した表情でお嬢様は話し始めた。

「わたしが、ひとりで歩けても、セトスさまは、となりにいてくれる？」

「もちろん。なんでまたそんなことを？」

突然言われて、主様は驚いたようだったけれど、はっきりと隣にいると言ってもらえた。それに安心したお嬢様はこわばっていた肩の力をふうっと抜いた。

「よかった……ありがとう、イリーナ」

そう呟く。

「どうしたんだい？　急にそんなこと言い出して。イリーナに何か言われた？」

「ちがう、ちがうの。わたしが言ってたの」

そこで言葉が止まってしまう。否定はされなかったものの、主様のことを疑っていたような気持ちにはなっているのか、かなり言いづらそう。

でも、主様に先を促されてようやく話し始める。

「わたしがひとりで歩けるようになったら、セトスさまと一緒じゃなくても良くなっちゃうから……。それは嫌だなぁって」

「アンジェは一人で歩けるようになったら、俺の隣からいなくなっちゃう？」

「ちがう、ちがう。そんなことない」

「そうだろう？　一応言っておくと、今みたいに俺の腕にアンジェの腕をかけるのは貴族社会ではかなり普通の姿勢だ。むしろしないと変だな」

「そうなんだ。よかったぁ……」

こわばっていた表情が一気に綻《ほころ》んでふわりと笑う。その表情を見て、主様がお嬢様をぎゅっと抱きしめた。

「ごめんな、何も言ってなかったから不安にさせて」

「ううん。ぜんぜん。ありがと。ちゃんと、ひとりで歩けるように、練習がんばるね？」

主様の腕の中でそう言ってふうわりと笑う、お嬢様はとても幸せそうだった。

＊

ずいぶん前に雪も溶けて、季節は確実に春へ移ろっていっている、そんな頃。

アンジェは、俺かイリーナの補助があれば、屋敷内ならどこへでも行けるようになっていた。動ける範囲が増えるに従って、アンジェの興味はどんどん外へ広がっていく。

「ねぇねぇ、セトスさま。今日も、お外に行ける？」

「うん、行こうか。今日はちょっと面白《おもしろ》いものも用意してるし」

「えっ、なになに？　楽しみ！」

見るからにウキウキして、ソワソワと身体を動かし始めたアンジェを連れて外へ出る。些細な段差にも気を使うから時間はかかるけれど、慣れてきたらもう少し速く動けるようになるかな。

いつもと全《まった》く同じ道順で外へ出て、同じベンチに座る。移動の時はやっぱり気を使うのか、アンジェの表情は硬いけれど、座ってしまえば周りの音や空気を感じる余裕が生まれて、少し表情が緩んだ。

「……ん？」

アンジェの表情が少し曇る。

「セトスさま、だれかいる？」

「よく気づいたね。ちょっとした実験のつもりだったんだけど、やっぱりアンジェはすごいなぁ」

「だれ？　セトスさまの知ってる人？」

「大丈夫だよ。俺が頼んでいてもらってるんだ」

知らない人がいたらそれに気づけるのかとか、どれくらい嫌がるのかとか、そういうことを知りたくてわざと言わないでおいた。けれど、やっぱり自分に分からないっていうのはかなりの恐怖だよな。

「ジャン、こちらへ」

声をかけると、のそりと立ち上がってこちらへ来る。寡黙な男なのだが、アンジェは怖がるだろうか。

「アンジェ、紹介するよ。うちの庭を管理してくれている、庭師のジャンだ」

「奥様、お初にお目にかかります、ジャンと申します」

「はい、こんにちは」

そして二人の間に降りる沈黙。

ジャンはもともと喋《しゃべ》らない方だし、アンジェは知らない人とコミュニケーションをとる方法が分からない。そうなるのも無理はないと言えた。

「ちなみに、アンジェは花って知ってるかい？」

軽く聞いてみると、少しジャンの方を気にするような素振《そぶ》りを見せたけれど、気にせず俺と話すことにしたようだ。

「知ってるよ。棒の上に丸がついてて、いろんな色があるんだって。きれいだから、イリーナは、好きだって言ってた」

「触ったことはある？」

そう聞くと、アンジェは少し考え込むようにしてから顔を左右に振った。

「たぶん、ないと思う」

「じゃあ、どうやって花が育つかとか知らないだろう？」

「うん、全然知らない」

「だから、育ててみたらどうかなと思って。結構面白いと思うよ」

「お花を、育てるかぁ……。育つって、おっきくなるってことだよね？」

そもそもの言葉の意味もあまり正しく理解していないようだから、アンジェにとってよい学びになりそうだ。

「そう。それに、ただ大きくなるだけじゃなくってどんどん形が変わるから、アンジェにも分かるかなと思って」

「おもしろそう。やってみたい！」

「正直俺も育てたことがないから、ジャンの言うようにちゃんとお世話するんだぞ？」

「はい！　がんばる！」

ぐっ、と拳《こぶし》を握りしめて堂々と宣言した。

「えーと、奥様こちらが鉢植え、です。両手で持てる大きさですが、重いです」

「はちうえ？」

「お花を育てるための器のことで、大きいお茶碗みたいなものだよ」

ジャンには、アンジェは目が見えないから全てを言葉で伝えてほしいと頼んである。でも、慣れない人には難しい上に、そもそもが口下手《くちべた》な男だからどうにも上手《うま》くいかないらしい。

その分、俺が間に入ればアンジェも楽しく作業ができるだろうと思う。アンジェが鉢を受け取って、膝の上に置く。

「あっ、中に土が入ってるんだ」

「土は知ってるんだ」

「うん、この前から、イリーナと表に出る時は、なるべくいろんなものを触らせてもらってるの。でも、お花は、触ったら可哀想だから、ダメって言うから」

「今回植える花はマリーゴールドという品種です。誰にでも育てやすいし、少しくらい触っても大丈夫な花を選んでいます」

「そうなんだ。考えてくれて、ありがとう」

徐々にアンジェのこわばりが取れてきて、いつもの柔らかい雰囲気が戻ってきた。ジャンが、知らない人じゃなくなったからだろうと思う。ジャンの方も心なしか楽しそうだ。喋らないというだけで別に不機嫌なわけではないんだが、少しとはいえ笑うところを見るのは本当に珍しかった。

　それから種を植えるのだが、アンジェ一人ではさすがにできないので、俺が手を持って誘導してあげることになっている。

「指の一つ目のシワの辺りまで穴を開けて、それを五センチおきくらいに等間隔で開けてください」

　ジャンの言う通りに、俺がアンジェの手を動かす。

　本当はジャンがアンジェの手を動かした方が早くて確実なのだが……。俺でもできることなのに、俺が見ている目の前で他の男がアンジェの手に触るのが許せなかったというのは秘密だ。

「では、その穴に三粒ずつくらい種を入れてください」

　この、『小さいものをつまむ』という動作がアンジェにとってはかなり難しい。どこにあるのか、どれくらいの大きさなのかきちんと正確に分かっていないと案外つまむことができないんだ。

「ほら、アンジェこの辺りにあるから」

　人差し指をそこまで持っていってあげても、つまみ上げることができずに空を切る。

「うーん……場所は分かるんだけど……」

「ほら、人差し指の先につけて、それを持つみたいな感じ」

「うーん……あっ。できた」

　時間はかかったが、何とか自分一人でできた。その手を、さっき開けた穴の上まで誘導してやると、パラパラと種が落ちる。

「どう？　うまくいった？」

「うん、ちゃんとできてるよ」

「よかった。じゃあ、もう一回！」

そう言って楽しそうに同じことを繰り返すうちに、少しずつ動作が早くなってくる。最後の方には植える場所を教えてあげるだけで、残りの種を探してつまむことは一人でできるようになった。

「楽しかった！　それに、わたし、自分でできたよ」

自信満々で誇らしげにそう言うアンジェ。最高のドヤ顔が見られてかなり嬉しい。

「そうだな。アンジェは初めてのことでも誰かにちゃんと教えてもらえたらできるってことが分かったわけだ。それに、俺も花を育てるのは初めてだから分からないことも多かったかな」

「セトスさまも初めてで、わたしも初めて。一緒だね」

無邪気な笑顔を浮かべる姿は本当に可愛くてたまらない。

「しばらくは、出窓にでも置いておけば良いかと思います」

「中へ持って入れるのか。良かったな、アンジェ」

「うん。お花が咲くのが、楽しみ！」

「まだまだかかるから、気長に待とうな」

花が咲くにはまだまだ時間がかかるけれど、アンジェの満開の笑顔が見れて、俺としてはもう充分に満足だった。

＊

ある日、俺が帰宅して、しばらくしてから。今日もいつものように歩行練習を始める。

最近は一人で歩けるようになるための練習を主にしていて、先週あたりから机に手をついたら一人で動けるようになっている。一人で自立して動けるようになるのも時間の問題だとも思うけど、今日はどうだろう？　いや、あんまりそうやって期待しすぎるのも、アンジェの負担になってしまうから良くないって分かってはいるんだけど。

一旦、休憩のために椅子に座らせたアンジェに、何げなく声をかける。

「アンジェ、最近は俺がいなくても、机をつたったら一人で歩けるようになってきただろう？」

「うん」

「今日は、本当に一人で歩いてみるための練習してみないか？」

俺や、イリーナの助けなしで動ける距離が少しずつ伸びてきているから、もう少し違う方法で練習してみるのもいいかと思ってそう提案したんだが……。ほんの少し表情が曇った。

よくよく見ていないと分からないくらいの変化だけれど、アンジェが怖いと思っているのはほぼ間違いないだろう。

「ごめん、気が急《せ》きすぎてた。焦らなくていいから、少しずついこう」

嫌がることを無理にさせては怖がるだけで一向に上達しない。それはアンジェに限らずみんなそうだから、慌てて訂正した。

「ううん、大丈夫。できる、できるよ？　わたし」

顔をこわばらせながらも、精一杯の表情でそう言う。

「本当に、無理はしないでほしい」

「ちがう。無理はしないけど、セトスさまがしなくていいって言ってくれるからって、ずっとこのまんまじゃダメだって、ちゃんとわかってるから」

ぎゅっと唇を噛《か》み締め、拳を握りしめて、決意したように顔を上げる。

「できるできる。ひとりでも、大丈夫」

まるで自分自身に言い聞かせるかのように、そう言う姿を見て。

『無理しなくていい、ゆっくりいこう』と言いそうになった。

本当に喉まで出かかっていたけれど、それは今のアンジェが求める言葉じゃない。俺の中には未《いま》だに出会った頃の、壊れてしまいそうなほどか弱いアンジェの姿がチラついてしまって、どうしても心配になってしまうけど……。

彼女は間違いなく強く成長しているんだ。

「よし、じゃあやってみよう」

「うん。」

アンジェが俺の手を取って立ち上がる。

「手は離すけど、絶対にすぐに助けられる距離にいるし、転びそうになったら助けるから」

「うん、わかってる。セトスさまは、いつでも、わたしを、助けてくれるから」

こういう大事な時に自分を頼ってくれる、全幅の信頼をおいてくれているというのは、なかなか嬉しいものだな。だが、アンジェは大丈夫だと口では言っていたものの、やっぱり怖いようで、立っているだけなのに体中が緊張でこわばっている。この調子では、できることだって失敗してしまうというくらいに。

「あんまり緊張しないで、いつもと同じようにすればいい」

そう言って軽く抱き寄せて、背中を優しく撫でてあげる。突然触ったから体がビクッとしたけれど、くつろいでいる時のように俺に体を預けているうちに、緊張がほどけてきた。

「もう、だいじょうぶ」

いつものアンジェに近い、柔らかな笑みを浮かべられるようになってきた。

「うん、大丈夫そうだな。イリーナもロッシュも見てくれているから、心配しないで頑張ろう。じゃあやってみようか」

俺がいない時に練習相手になってもらっているイリーナも、もう立てるんじゃないかと言ってくれていた。ただ、アンジェの気持ちの問題だけではないか、と。

イリーナは俺と出会うずっと前からアンジェのことを見守ってきているから、実の母より母のようで、いまも壁際で固唾《かたず》を呑《の》んで見守っている。日頃の彼女は有能な侍女らしく完璧に存在感を消しているのに、食い入るような視線をビシバシと放っているのが少し面白い。

そうしてみんなが見守る中で、俺が手を離すと、そっと一歩を踏み出した。

「あっ」

喜びからか、ほんの少し声をあげる。

いつもよりずっと小さな一歩で、ほとんどすり足のようだったけれど、アンジェは一人で、自分の力で歩き始めたんだ。そのまま二歩三歩と歩けたけれど、勢い余ってつんのめるようにして転びかける。そうなることは分かっていたから、体全体で受け止めてあげると、勢いのままに抱きついてきた。

「ねぇ、セトスさま、できたよ！　わたし、ひとりで歩けるんだ！」

興奮で頬を真っ赤にしている彼女。

「よかった、本当によかった。アンジェが努力したおかげだよ」

「お嬢様ぁあ！　良かったですね！」

アンジェと同じくらいに興奮しているイリーナは、既《すで》に涙目だ。

「うん、がんばった！　セトスさま、イリーナ、ありがとう！」

「お礼を言われるほどのことじゃないと思うけど……そうだな、みんなで頑張ったからできたことだね」

すがりつくように抱きついてくるアンジェを力いっぱい抱きしめてあげる。

「……ふぇっ」

かすかに、しゃくり上げる声。

「ちがうの、何で？　泣きたくなんか、ないの。とっても、うれしいから……」

嬉し涙を零《こぼ》すアンジェの髪を優しく撫でて、少しでも落ち着けるようにしてあげる。

「セトスさま、わたし、ほんとにうれしいの。とっても、とっても……うれしいの」

アンジェは抑えられない涙の言い訳かのようにそう言う。

「分かってるよ。アンジェは嬉しくってたまらなくなったから、その気持ちが涙になっているだけな

んだ。嬉し涙って言って、誰にでも起こることだし、イリーナも泣いているよ」

「えっ？」

「ええ、お嬢様っ……。本当に良い方とご婚約なさいましたね……」

アンジェほど耳が良くなくても充分に分かるほどの涙声で、本当に嬉しいのだろうと伝わってくる。

「ほんとだ、イリーナ、一緒だね。とってもとっても、うれしいよねっ！」

「えぇ、えぇ、本当にっ……！」

感極まったイリーナが、身分の差も越えてアンジェをかき抱《いだ》く。

「イリーナも、ありがとう。わたし、歩けたよ！」

イリーナも同じだと分かったら、涙が勝手に零れてくることは気にならなくなったようだ。その分、自分が一人で歩けたということへの感動が強くなっていて。

「アンジェ、おめでとう。みんなで頑張ったから、できるようになったんだよ」

「うん、うん！　セトスさまと、いっしょだからよ！　セトスさまがいるから、歩けるようになったの！」

ぽろぽろと零れる涙は今までの努力の結晶のようで、その積み重ねを表すかのように流れ続けている。アンジェは今まで感情が少なかったのに、突然感情の揺れにさらされて対応しきれていないのかもしれない。

「ふぇっ、あのね、うれしいの。だって、わたし、あるけたんだもん！」

しゃくりあげながら必死にそう言い募《つの》る彼女と同じくらいか、それ以上に、俺も嬉しい。

「俺も、とっても嬉しいよ。アンジェが一人で歩けるようになってほしいと、ずっと願い続けてきたんだから」

「そうだよね。セトスさまの、おかげ！」

感動してぎゅっと抱きついてくる彼女は本当に本当に喜んでいるから、その感情を分かち合うように抱きしめ返す。興奮しすぎてわけが分からなくなってきているから、ぽんぽんと背中を撫でてあげる。

その間も、ぽろりぽろりと、アンジェの閉じられた瞼の隙間《すきま》から零れ落ちてくる涙。

それは、この世で一番尊いものに思えた。


こんなに興奮した状態で慣れないことをしたら怪我をするに決まってるから、一度、アンジェと並んでソファに座って、落ち着かせてあげる。ただただ涙が零れ続けるという状態は少し治まって、頬の赤みもいつもと同じくらいにはなってきた。

先程までは嬉しい嬉しいと連呼するばかりでまともに話せる状態ではなかったけれど、少しは落ち着いてきた。

イリーナもハンカチで必死に涙を拭《ぬぐ》いながら、話に加わってくる。いつもは侍女らしい振る舞いをするように努めていて、俺たちの会話に参加することはほとんどないけれど、今は別だ。

この喜びを、みんなで分かち合いたいから。

「アンジェお嬢様、本当におめでとうございます。頑張った甲斐《かい》がありましたね！」

「アンジェが頑張っているから、こうして一人で歩けるようになったんだよ。初めて会った時とは比べものにならないくらいだ」

「そうだねぇ。セトスさまと会ったときは、こんなふうに、なれるなんて、全然思ってなかったよ」

出会ったばかりの頃の、薄暗い部屋に閉じ込められていたアンジェを思い出す。アンジェも同じように思い返してくれたようで、懐かしげだ。

「本当に、ここまで来れたんだな。二人で頑張って良かった」

「うん。セトスさまが、教えてくれたから」

「俺が教えても、アンジェがきちんと練習しなかったら駄目《だめ》だっただろう？　アンジェが努力したからだよ」

「お嬢様、本当に良かったですね。主様は、これ以上ないほど素敵な殿方ですよ」

「いや、アンジェの一番の幸運は、イリーナという侍女に出会えたことかもしれないな。イリーナがいなかったら、向こうの家から連れ出すこともできなかっただろうし」

実家で極端に冷遇されていても、一番身近にいる侍女がアンジェの味方だったというのは大きい。毎日の訓練も一緒にしてくれていたし、こちらが不利になるような情報を当主に流すこともなかった。自分の雇用主に逆らうということは大変勇気の要ることなのに、アンジェのためだけにしてくれたことには感謝しかない。

「私は、お嬢様付きの侍女になってから、このお方があまりにも可哀想だと思い続けておりました。ですが、一介の侍女にできることには限りがあります。最低限、身の回りを整えるくらいしかできない中で、主様が来てくださった時にどれだけ嬉しかったことでしょうか」

落ち着いてきたと思っていたのに、イリーナはまたぐすぐすと鼻を鳴らして涙を拭き始めた。

「イリーナ、ほんとに、ありがとう。イリーナも、大好きだよ！」

「お嬢様あぁあ！」

アンジェの『大好きだよ！』はイリーナにトドメを刺したようで、泣きながら崩れ落ちた。

「あっ、ごめん、ごめんね、イリーナ」

状況がよく分からず混乱するアンジェを困らせまいとどうにか気合いで立ち直ったイリーナ。

「いえ、本当に本当に嬉しいのです。申し訳ございませんが、少々お時間をいただけませんでしょうか」

「ああ、ゆっくりしておいで」

イリーナはほぼ普段と同じような身振りで退出していったが、扉が閉まった瞬間に。

「うわあぁあぁあ！」

中にいる俺たちも驚くほどの声で泣いている。

「良かったな、アンジェ。これだけ喜んでくれたら、頑張った甲斐があるだろう」

「うん。セトスさまと、いっしょだから、できたんだよ」

「一緒に頑張ったからな。今まで一生懸命努力してくれて、ありがとう。これからも、頑張ろうな」

「うん。よろしく、お願いしますっ！」

元気よくそう言ってくれたアンジェは既に未来を見据えていて、この子と二人で生きていきたいと、強くそう願ったのだった。

アンジェの興奮も治まったことだし、休憩がてら読んであげる本を取りにいこうと立ち上がると。

「よいしょ」

アンジェも一緒に立ち上がる。ソファは座面が低くて立ちにくいのに無理をしてまで。

「どうした？」

そう聞くと、

「えっ？」

むしろ驚いたように聞き返された。

「もう一回しないの？」

「もう今日は頑張ったし、あんまり負担になってもいけないからもうやめよう？」

俺はアンジェの体が一番大事だし、負担をかけすぎて倒れてしまったのも、そう昔のことじゃないから、やっぱり心配になってしまう。

「大丈夫だよ？　それより、もう一回」

「いや……やめておいた方が」

「本当に、大丈夫だよ？　だからねぇ、もう一回！」

キリッと決意した表情でそう言われてしまうと、俺としても強くは出られない。アンジェは自分の体のことなんだから、よく分かっていると思うし、俺が決めることじゃないな。

「じゃあ、アンジェがやりたいと思ってるうちに、もう一回しようか」

今までだってできるくらいの筋力はあったのに、心がついてきてなかっただけ。彼女の気持ちが向いているうちに練習を続けた方がいいかもしれない。

「うん、もう一回！」

キラキラした笑顔で、自分の力で歩ける喜びを噛み締める彼女は本当に生き生きしているから、太陽みたいな笑顔が眩しくて、俺まで嬉しくなってくる。

＊

次の日。

俺が職場から帰ってくると、アンジェはウキウキで俺のことを待ち構えていた。

「セトスさま、マリーちゃんに葉っぱが二枚できたの！」

とてもとても嬉しそうに、満面の笑みで報告してくれる。マリーちゃんというのは、おそらくマリーゴールドのことだろう。安直なネーミングだけれど、名前を付けて可愛がってくれているのは何より。

「俺にも見せてくれるか？」

「もちろん。見てみて？」

俺が近づくと気配で察して手を伸ばしてくる。いつもと同じようにしていると、ほとんど間違うこともなく手をするりと俺の腕にかけてくれて、体重をかけることもなく、自力で立ち上がる。

「ほらほら、ここ触って」

そう言って俺の手を双葉の方へ持っていく。

「絶対、力を入れたらダメだよ。ほんの少し触るだけね」

その言い方を聞く限り、おそらくイリーナがそうしてアンジェに注意したのだろう。

「ピヨピヨって二枚葉っぱが出ていて、とても可愛いでしょ？」

なぜか自慢げに胸を張るアンジェ。

「うん、可愛い可愛い。それに、アンジェの瞳と同じ色だね」

「わたしとマリーちゃん、おそろいなんだ！　うれしいねぇ」

「両方とっても可愛いよ。俺は大きくなって花が咲いた時しか見たことなかったんだけど、双葉はこんなにまっすぐな葉っぱなんだな」

「葉っぱは、大きくなったら、まっすぐじゃなくなるの？」

「もっとギザギザの葉っぱなんだ。俺が知ってるのは」

「へぇー、マリーちゃんも、ギザギザになるのかなぁ？」

力を入れないように気をつけて葉っぱを指先でなぞる。

「さあ、分からないけど」

「楽しみにしてようっと！　セトスさまでも、知らないこと、あるんだね」

「そりゃあ、いっぱいあるさ」

「セトスさまは知らないし、私も知らない。おそろいだね！　でも、ジャンが大丈夫って言ってたから、このまま大きくなってくれると思うよ？」

「そうか、そうか。じゃあ楽しみにしてような」

アンジェもマリーゴールドも日に日に成長していく。

鉢植えを膝にのせて新芽を指先でなぞるアンジェは、知らないものを真剣に覗《のぞ》き込む子供と同じよう。アンジェの興味はどんどん外へ広がっている。

大切な彼女の成長を間近で見られるのは、とてもとても大切な思い出だと思う。

終章　一緒にお出かけ

「セトスさま、おかえりなさい！」

「えっ、アンジェ？」

初めて、セトスさまを玄関まで出てお迎えできるようになったの。

「セトスさま、ちゃんと見えてるでしょ？　わたし、ここまでひとりで来れたんだよ？」

今まではお部屋でお迎えしていたけど、玄関まで出た方が喜んでもらえるってイリーナが言ってたから。

「イリーナに連れてきてもらうんじゃなくて、一人で来れたのか？」

「うん！」

「よしよし、頑張ってくれたんだな。ありがとう」

抱きしめてくれて、頭を優しく撫《な》でてくれる。これ、気持ちいいから、大好きなの。

ぎゅーって抱きつくとセトスさまの匂いがしてとってもいい気持ちになれるから。

しばらくそうやって抱きついていたら、ふわっと抱っこしてもらえた。

「アンジェが俺《おれ》のために頑張ってくれたご褒美《ほうび》」

やったー！　抱っこしてもらえたってことは、喜んでくれたってことだよね！

「えへへ、がんばった！」

セトスさまの肩に手をかけて抱きついているだけで、リビングのソファまで連れていってもらえる。

そして、セトスさまの膝の上に座らせてもらって、あったかい手で肩を撫でてもらうと、ちょっとだけ眠たくなっちゃう。

だって、セトスさまは優しいから。

ふあぁ。

あくびをすると、セトスさまが少し笑ったのが分かった。

「ごめんなさい」

誰《だれ》かと話している時にあくびするなんて、ダメなことだって知ってるのに……。

「ゆっくりリラックスしてるってことだからいいんだよ。俺も嬉《うれ》しいし。アンジェにとってもいい話があるんだけど、眠いなら今度にした方がいいかな？」

「いい話!?」

一気に眠さが吹き飛んだ。次は、何をさせてもらえるのかな？

セトスさまがしてくれることは、わたしが知らないことばっかりだから、楽しみ！

「次の休みに、天気が良かったら少し出かけないかと思って」

「お出かけ？　どこに？」

「王都の外れに、叔父上の家があるんだ。父上の弟で普段は領地に住んでいるんだ。あまり街の雰囲気が好きじゃない人だからタウンハウスものんびりしたところにある。空気もいいし、そんなに気を使う人もいないし、アンジェのお出かけにはちょうどいいかと思って」

「行きたい！」

元気よく返事したけど、大丈夫かな……？　わたし、あんまり他の人と話したことないんだけど。

「そんな不安そうな顔しなくていいよ。叔父上も奥方もいい人だから」

わたしが不安になったのもちゃんと見てくれてて、手助けしてくれるセトスさまが大好き！

「それに、アンジェも、いつまでも人と会わないわけにはいかないから。練習がてらちょうどいいと思うし、頑張ってほしいな。何を言っても失敗したとかはないし、練習には本当にちょうどいいと思う」

「わかった。がんばります！」

「そんなに気を張らなくても大丈夫だよ。って言っても初めてのことだし、不安だよね」

「……うん」

セトスさまと一緒でも、したことないことをするのはやっぱり不安なの。

「じゃあ、アンジェの好きなおやつを持っていって、向こうで一緒に食べようか。ピクニックみたいにして」

「ピクニック！」

「行ったことあるのか？」

「したことはないけど、この前イリーナに読んでもらった本に出てきたの。天気のいい日にお外でみんなで美味《おい》しいもの食べるの、楽しそう！」

物語の中の世界だと思っていたのに、わたしが本当にできるなんて、夢みたい。

「楽しいことと頑張ること、一つずつあったら頑張れるだろう？」

「うん、がんばる！　セトスさま、ありがとう」

お礼を言うと、大きな手が優しく頭を撫でてくれる。こうしてもらえるのが大好きで、ずっとしてほしいくらいなんだけど……。

「あっ、そうだ！」

いいことを思いついた。

「次のセトスさまのお休みに、お天気良くしてくださいって神様にお願いしとかなきゃ！」

マリーちゃんがいる出窓のところまで行って、お空に向かってお願いする。

「神様、次のセトスさまのお休みの日は、絶対絶対晴れにしてくださいね！」

セトスさまも来てくれて、一緒にお願いする。

「晴れるといいな」

「晴れるといいね！」

こうして二人でいるだけで、わたしはとっても楽しいけど。

もっともっと楽しいこと、セトスさまが教えてくれるんだよ。

＊

「セトスさま！　ちゃんとお日様ぽかぽかで、晴れてるよ」

今日は待ちに待ったピクニックの日。たった数日とはいえ、とっても待ち遠しかったの。

だってセトスさまが初めてわたしを遠くへ連れてってくれるんだから。

「ちゃんとお願いして良かったね」

「そうだな」

セトスさまの声も心なしか嬉しそうで、わたしと出かけることを楽しみにしてくれてると思うと、
とっても嬉しくなった。

「あとはねぇ……そうだ！　イリーナ、ちゃんとお菓子持った？　白パンとあんずジャムも」

「もちろん持ちましたよ」

「じゃあ、もうお外行こう！」

「いやいや、先に朝ごはんだ。あんまり焦《あせ》らないで」

「はーい」

ちょっとソワソワしながらもちゃんと朝ごはんを食べて。

「じゃあ、行こうか。出発だよ」

「やったー！　行こう、行こう！」

いつもと同じ距離に立ってくれるセトスさまの左腕に腕を回す。わたしが一人で行ける範囲は玄関
までだから、それよりも遠くは、セトスさまがいないと無理だけど……。セトスさまはどこへだって

連れていってくれるから楽しみ。

外へ出て少しした時。

「馬車に乗るからここ持って」

そう言って手すりのようなものを掴《つか》まされる。

「抱き上げてあげられればいいんだけど、入り口が狭いからそういうわけにもいかなくて……悪いけど頑張ってほしい」

少し大きめの段差だったけど、今のわたしなら何とか上れるし、セトスさまもちゃんとサポートしてくれた。そうして柔らかい椅子《いす》に腰掛ける。

「よしよし、なんとか乗れたな。前にアンジェを家に連れてきた時は大変だったけど、今回は一人で乗ってくれたからすごく楽だったよ。ありがとう」

「ひとりでできたわけじゃないと思うけど、セトスさまが楽だったなら、よかった」

そこへイリーナも乗ってきて、馬車が走り出す。開いた窓から入ってくる風が頬《ほお》に当たって気持ちいいし、セトスさまが隣にいてとってもあったかいな。

「アンジェ、着いたよ？　起きて」

「えっ⁉」

いつの間にか寝てしまっていたみたい。

「ごめんなさい、寝ちゃってた」

「いやいや、別にいいんだけど」

「でも、もったいないことしちゃった。せっかくのお出かけで、セトスさまと一緒なのに」

「まだまだ楽しいことはあるんだから、休んでいた方がいいと思って寝かしていたんだ。馬車だけであんなにテンションが上がっていたら、途中でしんどくなっちゃうからね」

確かにそれはそうかもしれない。わたしはあんまり長いこと動けないし、楽しいことの本番は、これからなんだからね。

「お待ちしておりました、セトス様、お嬢様。主様《あるじ》がお待ちです」

年配の女性の声でそう言われて入った建物は、天井が高いようで靴音がとってもよく響いた。そして、玄関から割と近いふわふわの絨毯《じゅうたん》の部屋に案内された。

「叔父上、こんにちは。お久しぶりです」

「よく来たな、セトス。まぁ、座りなさい」

「ありがとうございます」

とりあえず、セトスさまの言うように座ったんだけど……。いきなり知らない人と会って、どうしたらいいんだろう？

「ご紹介します、アンジェです」

その上私の名前が話に出てきて。本当にどうしたらいいか分からないんだけど。

わけもわからずセトスさまの腕にしがみつくことぐらいしかできない。

「ごめんごめん、先に言っとけばよかったね。普段は父の代官として領地にいる、叔父のカルトス様だよ」

「はい、こんにちは」

せいぜいそう挨拶《あいさつ》するのが精一杯だったけれど、セトスさまは褒《ほ》めるみたいに優しく髪を撫でてくれた。

「私はカルトス・ミラドルト。そして、こちらが妻のアリスだ」

「こんにちは」

「あらあら、緊張しちゃってるわね。そりゃそうよねぇ。夫の叔父の家に連れてこられたりしたら緊張するのは当たり前よね。セトスったらちゃんとフォローしてあげないと可哀想《かわいそう》よ？」

「あはは、本当にそうですね。ごめんよ、アンジェ」

「……はい」

本当にこれどうしたらいいの？

「だが、アスセスといいお前といい、大人《おとな》しい子を嫁にもらうな」

「まぁ、母上がかなり賑《にぎ》やかですからね」

「そうねぇ……でも、男の子はお母さんに似た人をお嫁さんにすることも多いのよ？　それに、私には子供がいないけど、もし子供がいたらこんなに可愛《かわい》い女の子が欲しかったわねぇ。アンジェちゃん、今からでも私の子供にならない？」

「……えっ？　えっ？」

「アリス叔母上、あんまり無茶を言わないでください」

「そんなことは分かってるんだけどね、本当に私もこんな子供が欲しかったわぁ。アンジェちゃん、うちを実家と思ってもいいからね。いつでも遊びにきなさいよ」

「……」

どうしたらいいのか分からなくてセトスさまの方を向くと。

「困った時には『はい、ありがとうございます』って言っといたらだいたいのことはなんとかなるよ」

「はい。ありがとう、ございます……？」

「そうそう。そんな感じ」

「本当に大人しい子ねぇ……まぁ、その方が下手《へた》なことを言いふらすよりずっといいとは思うけど。私は喋《しゃべ》ってばっかりだから怒られることも多いのよ？　その点、アンジェちゃんは安心ね」

その後も四人で少し話をしていた。時間にしたらそんなに長くないと思うし、わたしはほとんど何も言ってなかったんだけど、すごく長い時間に感じた。

「まあ、お二人は今が一番楽しい恋人期間でしょうし、お庭でのんびりしていてくださいね。何でも自由に使ってもらっていいですし、何かあったら家の者に言ってくれたらいいですからね」

「はい、お気遣いありがとうございます。では失礼します」

失礼しますってことは、立たなきゃいけない！

とりあえずそのことにだけ気づいた私は立とうとしたんだけど、ソファの座面が低くてちょっとうまくいかない。困ってたら、セトスさまが引っ張るみたいにしてなんとか立たせてくれた。

多分、そんなに変じゃなかったと思う。

「では、失礼します」

「失礼します」

しっかりセトスさまの手を持ってついていく。お屋敷を出て庭へ行くと、イリーナが待っていてくれた。

「お嬢様、お食事の準備はできておりますよ」

「ありがとう、イリーナ。でもちょっと疲れた」

「アンジェの練習にはちょうどいいと思ってたんだが、負担が大きかったかなぁ？」

「ううん、大丈夫。ありがとう」

イリーナが準備してくれていた椅子に一緒に座って、隣のセトスさまに体を預ける。気を使っていたから、何をしたわけでもないのに結構疲れてしまった。

「アンジェ、疲れた時には甘いものを食べるといいよ」

そう言ってマフィンを出してくれた。ちょっとしんどいけど、受け取って一口食べてみると。

「うん、美味しい！」

「もうしんどいことは終わりだから、あとは好きなだけ楽しもうな」

「うん。ありがとう」

ちょっと疲れたけど、楽しいことはこれからなんだから！　美味しいお菓子を食べて元気に遊ぼうっと。

＊

とても短い挨拶で切り上げたけれど、アンジェは疲れ切っていた。知らない人と話すというのはそれだけ彼女の神経をすり減らすのだろう。そうなることを見越して、イリーナが庭へ出てすぐのところへ椅子を置いていてくれた。

一旦座らせてマフィンを食べているうちに、少しずつ笑顔が戻《もど》ってきた。

「少しましになったか？」

「……ん、ごめん、なさい。ちょっと、疲れちゃって……」

「そうなるのは当然だよ。気を使って知らない人と話すって、慣れてる俺ですら疲れることだからな」

「でも、大変なことはもう終わり！　あとは、セトスさまと遊ぶの！」

「そうだな。ここは、イリーナが出してくれた椅子なんだけど、少し向こうに東屋《あずまや》があるんだ」

「あずまや？」

「庭にあるちょっと屋根のあるところで、椅子と机が置いてあるんだ」

「へぇ、そんなのがあるんだ」

「ちょっとだけ歩ける？」

「……ん、がんばる」

あっ、これは無理してるな。そう気づいたから。

「触るぞ」

それだけ言って抱き上げた。

「わわっ」

少し驚いた様子だったけれど、いつものように俺の首に手を回す。

「セトスさま、ごほうび？　わたし、がんばったから？」

「そうだな、今日の挨拶、アンジェは本当によく頑張ったよ。ご褒美が抱っこだけじゃ足りないな」

「そんなことないよ？」

「アンジェは、何か欲しいものある？」

「ほしいもの……？」

唇を少し尖《とが》らせながら悩んでいるのがめちゃくちゃ可愛いな。

「ないと思う。だって、わたし今すごく楽しいもん！」

「そうか。アンジェが欲しいものができたらまた言ってね。俺はアンジェに何でもしてあげたいんだから」

「えへへ、ありがと」

俺の腕の中でふうわりと微笑《ほほえ》むアンジェが可愛くて仕方がない。

この笑顔を見ていると、本当に何でもしてあげたくなるんだよな。

愛《いと》しい温《ぬく》もりを抱えたまま東屋へと歩く。少し寒めだけど天気は良くて、のんびりとピクニックするのに良い日和《ひより》だと思う。木製の東屋の椅子にアンジェを下ろすと、物珍しそうに椅子や机を触っている。剥《む》き出しの木の感触が珍しいんだろう。

そうしているうちに、イリーナがランチの準備をする。ランチといってもアンジェの好きなものなので、白パンとあんずのジャムがメインだ。それにクッキーやスコーンが付いている、アフタヌーンティーのようなメニュー。

「ご準備できました」

イリーナがそう言うと、途端にアンジェが輝くような笑顔になった。

「おそとで～おひるごはん～♪」

歌うように抑揚をつけているあたり、テンションがとても上がっているな。

「楽しそうでよかった」

「楽しいよ！　お外で、セトスさまと一緒にお昼ごはんだもん！」

イリーナが、うしろから配置について説明をしている間もワクワクしているみたいだった。

それでも母上とマナーの練習をしている通り、優雅な手つきだ。机の高さも普段と違うのに、ほとんど迷うことなく、食事できているしアンジェの成長は目を見張るものがある。

「うふふ、おいしい」

両手でクッキーを持ってもぐもぐしている姿はリスみたいで可愛いし、本当にアンジェは癒《いや》しだ。

「美味しいな。アンジェはマシュマロも好きだよな？　はい、あーん」

雛鳥《ひなどり》のようにぱかりと口を開けて待つ姿は警戒心なんて全《まった》くない、とても素直なもの。

「ん、おいひいよ」

アンジェの口には少し大きいかと思ったが、そのまま頬張る。ほっぺがぷくりとしているのが何とも可愛らしくて、わざわざこのサイズを準備したイリーナの手腕を褒め讃《たた》えたい。

アンジェの手のひらが迷いなくテーブルの上を滑り、お茶を飲む。たったそれだけの動作にも成長を感じて嬉しくなった。

「どれも、とってもおいしいね！　次はどれにしようかな〜？」

先程イリーナがした説明をしっかり全部覚えているらしく、指先が空をさまよう。その仕草はお菓子を前にした女の子が選びきれずに悩むのと全く同じで、視線か指先か、たったそれだけの違いだ。

アンジェが普通の人と同じような楽しみを感じられていることも嬉しくて、何でもない日常が彩《いろどり》に溢《あふ》れている。

「ん、これ、ちょっと変わった味かも」

「どう変わってる？」

アンジェが食べたのはジンジャークッキー。甘いものが好きなアンジェに提供されるクッキーは、フルーツ系のものが多いが、今日は違うものを選んでみたようだ。

「ちょっと辛《から》くて、ぴりぴりしてる」

「ジンジャーを使ってるからな。スパイシーなのはアンジェはあまり好きじゃないだろう。俺用だな」

「あ、なるほどね。たしかに、セトスさまは好きそうかも。じゃあ、あーん」

何げなくアンジェがクッキーを差し出してくれたのに、俺の心臓は一気に早鐘を打ち始めた。彼女が俺に何かを食べさせようとしてくれたことは今までになかったから。

「ん、ありがとう」

なるべく平静を装ってぱくりと食べると、ジンジャークッキーのはずなのにとてもとても甘い気がする。

「こうやって食べたら、もっとおいしいでしょ？」

「うん」

めちゃくちゃ緊張してしまって、返事が上手《うま》くできていないのは許してほしい。

「あとね、これもおいしいの」

そう言ってアンジェが手に取ったのは彼女の好きなアプリコットジャムのクッキー。

「はい、あーん」

いつも俺がするように差し出してくる指先は、俺と違ってとても小さい。もうアンジェが可愛すぎて可愛すぎて、彼女ごと食べてしまいたいくらいだ。

その時、俺の中に少しばかりイタズラ心が出てきてしまったのは悪くないと思う。

「ありがとう」

先程と同じように食べるついでに、彼女の指先をちゅるりと舐《な》める。

「ふえっ!?」

指先を掠《かす》めた感触に、大袈裟《おおげさ》に驚くアンジェも可愛いな。

「うん、美味しいよ」

「あの、セトスさま、セトスさま!? わたしの指、なめたよね!?」

「アンジエがあんまりにも美味しそうだったから、つい。嫌だった?」

「びっくりした、けど……いやじゃなかった」

顔を真っ赤にしながら、俺が舐めた指先を撫でる彼女はもうどうしようもないほどに可愛くって。

無言でぎゅーっと抱きつくと、

「うふふ」

とっても嬉しそうに笑ってくれたから、とっても幸せな気持ちになれたんだ。


二人で体を寄せ合って、春のぽかぽかした陽《ひ》の光の下で食べるものは最高に美味しい。たまにアンジエの口に物を入れてあげて、モグモグするのを眺めながらだとあっという間に完食してしまった。

「ふわぁ……」

小さく口を開けてあくびをするアンジェ。

「眠たかったら少し昼寝してもいいよ?」

「だめ。セトスさまと、遊ぶの。馬車でも、ねちゃったのに」

そう言いながらも身体はゆらゆら揺れていて、少し待っているだけで俺にかかる体が重くなった。

軽く髪を撫でていると、すぅすぅと可愛い寝息が聞こえてくる。

「ちょっと無理をさせすぎたかな」

本格的に寝始めたので体を倒してあげた。俺の膝枕で眠るアンジェは本当に天使の寝顔だな。

「むにゃ……ふあっ⁉」

しばらくすると、突然起きて動き出したからびっくりした。

「おはよう。体は辛《つら》くない？」

「どうしよう、寝ちゃった……。せっかくのお出かけなのに」

「俺はアンジェの可愛い寝顔が見れて良かったけど」

「セトスさまは、楽しい？」

「楽しいよ？」

「それなら、よかったかも？」

「少し寝て元気になったなら、散歩してみるか？」

「うん！」

アンジェと二人並んで、庭の小道を歩く。

柔らかな春の風を頬に受けるアンジェがふんわりと笑う。

「風はもう、痛くないねぇ」

「そうだな。もう春だ」

冬の間は枝だけだっただろう木々にも少し緑が見え始めている。

「ほら、アンジェ。もう木に葉っぱがつき始めてるよ。触ってみて？」

アンジェの手を取って新芽のところに添えてあげる。

「やわらかいね。マリーちゃんみたい」

「同じようなものだよ。これがもっと成長して硬くなっていくんだ」

「へぇー」

アンジェは些細《ささい》なことでも感動してくれるし、当たり前のことを思い出させてくれる。形の違う葉っぱを少しずつ触りながら歩き回るだけで楽しそうで、俺まで楽しくなれるんだ。

芝生にシートを敷いて直接座る。行儀は悪いけど、アンジェにとっても珍しいと思う。

「セトスさま、草がシャラシャラしてて、きもちいいね」

アンジェはニコニコしながらずっと芝生を撫でている。

「芝生っていうんだ。手触りいいよな。見た目も緑色でさわやかな感じなんだ」

「さわやか、ってことは、夏に、ぴったりなんだね」

そういう間もずっと芝生を撫で続けている。

「気に入ったのなら、うちの庭にも作るか?」

「いいの?　できるの?」

すごい勢いでこっちを向くからびっくりしてしまったよ。

「今は母の趣味で庭を作ってるけど、アンジェが来たし、離れは俺たちにもらえるから。アンジェの好きなものを植えることになると思うよ」

「できるなら、しばふのところも作ってほしい。それで、セトスさまと一緒に、シャラシャラするの!」

「家に帰ったらジャンにそう言っておこうな」

「うん！」

ひとしきり撫で続けて満足したのか、次は匂いを嗅いだりし始めた。興味津々すぎて可愛い。

ほとんど地面にへばりつくようにして見ていたけれど、しばらくしたら土を指でつつき始めた。

「あんまり触ると土で汚れるよ」

「……ぅん」

見事な生返事だ。俺といる時のアンジェは、基本俺の言うことをしっかり聞いているからこういうことは珍しい。アンジェは植物に触れたこと自体があまりなく、マリーゴールドくらいだから知りたいのだろう。

ぶちぶちぶち
アンジェは芝生に夢中だから暇《ひま》を持て余してボーッとしていると、明らかにちぎっている音が聞こえてきた。

「セトスさま、すごいよ？　地面の、下にも、つながってるの」

「ちぎっちゃったか……大丈夫かな？」

大きな穴になっていたりしないだろうか？

「……あっ、えっ、……ごめんなさい」

叔父上はこの程度で怒ったりしないだろうけど、人の庭だからなぁ。幸い大した穴じゃないし、大丈夫か。

「そんなに大きく穴になっているわけじゃないから大丈夫かな。言わなかった俺も悪いけど、ここは他の人の家なんだから気をつけような」

「はい、ごめんなさい」

あんなにウキウキだったのにしょんぼりさせてしまった。どうしよう。

「あの、セトスさま、元に、もどる？」

「どうだろう、芝生って強いから植え直したらまだ生きてるかもね」

「えっ⁉　この子、生きてるの？」

「植物だって生きてるよ？　生きているから成長するんだし」

「そうか、マリーちゃんと、一緒なのね。どうしよう、しばふちゃん、ごめんなさい……」

抜いてしまった芝生を握りしめてオロオロするアンジェ。

「あんまり握ると本当にダメになっちゃうから、俺に貸して？　なるべく元通りにするから」

「……うん、おねがい、ごめんね」

「ちゃんと言わなかった俺も悪い。ごめんな」

元あったように、穴に戻すと見た感じではすっかり元通りになった。

「埋め直したらもうどこを抜いたのか分からないくらいになったよ」

そう言ってアンジェの手のひらを戻した辺りに置いてあげる。

しばらく無言で触っていたけど。

「うん、どこか、わからないね。でも、ごめんね」

地面に顔を寄せて真剣に芝生に謝っている。

「失敗したりダメなことをしちゃったりすることもあるよ。でもどうやって元通りにするかってことが大事なんだと思うよ」

俺の言葉をしっかり理解するようにしばらく黙っていたアンジェだけど。

「わかった。次から気をつけるね。ごめんね」

「よくできました」

頭を撫でてあげると、ようやく彼女に笑顔が戻った。

その後は芝生を撫でながらゆっくりと流れる風と漂う音を楽しむ彼女は、まるで自然を愛する妖精のよう。

「アンジェはいつも可愛いな」

ボソリとそう言うと、アンジェの顔がみるみる赤くなった。

「……わたし、かわいい？」

「アンジェはいつだって可愛いよ？」

「……ありがと」

耳どころか首まで真っ赤になる。

「可愛いアンジェが大好きだよ」

照れるアンジェが可愛すぎて、重ねてそう言うと、イヤイヤをするように首を振って手で耳を塞ぐ。

「あれ、可愛いって言われるの嫌だった？」

「……いやじゃないの。うれしいの。でも、ちょっと苦しいの」

「苦しい？」

「あのね、熱が出てるみたいなの。心臓が、こわれちゃう」

やばい、可愛い。可愛いしか言えない。

「……ふぅ」

少し息を吐いてから、手のひらでゴシゴシ顔を擦《こす》るアンジェ。

「とってもとっても、嬉しかったの。セトスさま、ありがと」

まだまだ真っ赤な顔で、まっすぐ俺の方を向いてそう言ってくれる。

「わたしも、かっこいいセトスさまのこと、大好きだよ？」

……。

「……ありがとう」

そう絞り出すように言うのが精一杯だった。

顔が赤くなってもアンジェには分からないし、大丈夫。俺がこんなに動揺しているのは気づいてない。多分、大丈夫。

「えへへ、セトスさまもうれしい？」

「嬉しいよ、ありがとう」

アンジェが手を伸ばしてくるから何をしようとしているのかと思って放っていると、顔をペタペタ触ってくる。

「セトスさまも、お顔が熱いね。おそろいだね！」

あれ、俺さっき顔赤いのはバレないとか思ってなかったっけ？　普通にバレてるんだけど……。めちゃくちゃ恥ずかしいな、これ。

「うん、おそろいだね」

「心臓がバクバクして、顔が熱くなるの！　セトスさまもいっしょだね！」

アンジェはやたらと嬉しそうだけど、俺はちょっと……。恥ずかしいのが先かもしれない。

「……ん？　俺の心臓、バクバクしてるかい？」

「してるよ？　音が、はっきりきこえてるもん」

「それも聞こえてるのか。アンジェは本当にすごいな」

俺と同じだという、たったそれだけのことをこんなにも喜んでくれる彼女がたまらなく愛しく思えて、思わず抱きしめた。

「やったー、セトスさまの、においと音だ」

ただ抱き寄せるだけでこんなにも喜ぶ彼女がただただ可愛くて愛おしくて。大切にしていきたいと思えるんだ。

書き下ろし番外編　ある春の日

「いい天気だねぇ……」

ぽかぽかと射《さ》し込む陽射《ひざ》しを全身で浴びるアンジェが、気持ちよさそうにそう呟《つぶや》いた。

「そうだな」

寒すぎるような日はほとんどなくなって、本格的な春になってきた中でも、今日はとっても暖かくて過ごしやすい。

「アンジェ、どこかへ出かけようか」

ふと思いついてそう言うと、彼女はバッと音がしそうなほどの勢いで振り返った。

「ほんとに⁉　行きたい！」

「前から、いつか連れていってあげたいなぁと思っていたところがあるんだ。どこへ行くか、教えてほしい？」

「うーん……。いらない、教えてほしくない。だって、着くまで楽しみにできるもん！」

「そうだな。じゃあ、行ってからのお楽しみだ。それじゃあさっそく、出かける準備をしようか」

「うん！」

身軽に動けるように、豪華すぎないワンピースと歩きやすい靴。軽くカーディガンを羽織《はお》れば正しく貴族令嬢のお出かけ、といった雰囲気だ。

とっても可愛《かわい》い。

自分の左腕に、常に彼女の体温を感じられる幸せを噛《か》み締めながら、出発。


アンジェは馬車が好きだ。

今も、窓を開けて枠に手を掛け、春の風を感じている。

「あったかいね！　風が痛くないね！」

「気持ち良い季節になってきたな」

「うん！」

彼女が外に出られるようになった頃は冬に向かう時期で寒かったので、今のような過ごしやすい日が珍しいのだろう。

「うふふ～♪　あったかい日にお出かけ～」

鼻歌まじりで最高にテンションの高いアンジェがやっぱり可愛い。


「アンジェ、着いたよ」

馬車が止まったので気づいているだろうと思いながらも声をかけ、降りるのに手を貸してあげる。

馬車の手すりと俺《おれ》の補助があれば、一人で乗り降りができるようになったんだから、すごい進歩だよな。彼女の努力の賜物《たまもの》だ。

「足元が石畳だから、足を心持ち高く上げて歩いて。でこぼこしてるから、つまずきやすいかもしれない」

「わかった！　ありがと！」

いつもより多少ゆっくりめに歩いても、目的地まではすぐだし、着く前にアンジェは変化に気づいたらしい。

「セトスさま。なんだか、変わった感じがするよ？」

「どんな感じ？」

「うーん、お庭みたいなにおいがする、かも」

「おっ、正解。今日来てるところは、『王立植物園』っていうんだ。王様が所有しているめちゃくちゃ広い庭みたいな場所で、いろんな植物が植えられているんだ」

「へぇぇ～。マリーちゃんもいるかな？」

「結構メジャーな植物だし、探せばいるんじゃないかな」

「そっか！　楽しみ！」

全身から滲《にじ》み出るほどうきうきしていて、足取りの軽いアンジェを見ていると、もう既《すで》に俺は満足だ。

そんな彼女の手を引いて門をくぐると、咲き乱れる花と萌《も》え出たばかりの若葉が、目に痛いくらいに綺麗《きれい》だった。アンジェに見せてあげられないのが心底残念だと思うほどに。

どう頑張ってもできないことを嘆いていても仕方がない。視覚以外の全てを使って楽しませてあげれば良いだけのことだ。

「いいにおいがする～！」

「そうだね。端からゆっくり回ろうか」

「うん！」

「ここの植物は、少しなら触っても良いんだよ。もちろん、傷つけちゃダメだけどね？　優しく撫《な》でてあげてね」

「そうなんだ！　だから、セトスさまは、連れてきてくれたの？」

「アンジェにも楽しめるかな、と思って」

「ありがと！」

触って楽しそうなところには、既に目星を付けてある。彼女はあまり長くは歩けないから、入り口になるべく近いところにしか行かないつもりだし。

「最初は、こっちから回ろうか。今の時期に花が咲いているのが集まっているらしいから」

「うん！　どんなのがあるのかな～？」

入り口に一番近いところにあるのはツツジ園だ。低木だから手が届くし、頑丈な木だから多少触っても大丈夫だろう。

「ここに生えてるのはツツジっていうんだ。低木っていうくくりの植物で、マリーちゃんと違って結構大きくなるんだよ。左手を貸してくれる？」

俺と組んでいる右手はそのままに、左手を取って木の上に持っていく。

「葉っぱに手を置くよ」

「あっ、シャラシャラしてる！　カルトスさまのとこの、しばふちゃんに似てるかも」

「そうだね。どこが違うと思う？」

「うーん……葉っぱが大きくて硬いかも。でも、やわらかいのもあるね？」

手触りから感じられることを全て知りたいというように、感覚を研《と》ぎ澄ませて触るアンジェ。

「さすがアンジェ。よく気づいたね。この木の中でも硬い葉っぱは去年から生えているもので、柔らかい葉っぱは今年の春に生えたばかりのものだよ」

「ふーん。なんで違うの？」

「柔らかい葉っぱは、まだ赤ちゃんなんだ。だから弱いんだよ。実は色もちょっと違うんだ」

「なるほど、赤ちゃんなのね。色はどう違うの？」

アンジェには分からないことも、俺がいれば教えてあげられる。

「若い方が薄い色なんだけど……薄いって分かるかな？」

「えっと……うすいって、弱い色ってこと、だよね？」

「そうそう」

「赤ちゃん色なのね！　可愛いねぇ、なでなでしてあげる！」

シャラシャラと生垣の上に手を滑らせて遊ぶアンジェ。今まで触ったことのない感触が面白《おもしろ》いのだろう。

「それから、もう一つ」

「まだあるの!?」

もう既に満足げだったアンジェは、期待に顔を輝かせた。

「ツツジは花も面白いんだ。これ、触ってみて？」

花の部分に手を持っていって触らせる。

「……これも、花なんだ。オルゴールの絵とはちょっと違うね？」

「いろんな種類の花があるよ。これは花びらが大きい方だね」

「うんうん。楽しい！」

花びら一枚一枚をつまむようにしてすりすりと感触を確かめている。

「それに、ツツジは蜜が吸えるんだ」

「みつ？」

「アンジェは、ハチミツが好きだろう？」

「うん」

「あれがどうやってできてるか、知ってる？」

「……知らない、と思う」

普通、貴族の家の邸内で養蜂の話はしないよな、と思いつつ、アンジェに説明してあげる。

「なるほど、ハチっていう虫さんが作ってくれてるんだね。いつも食べてるけど、知らなかったの」

「花の一つひとつに入ってる量はとっても少なくて、普通の花なら人間には分からないんだ。でも蜂はアンジェの親指くらいの大きさしかないから、口もとっても小さいだろう？　だから少しの蜜でも探して吸えるんだよ。そうやってたくさん集めたものを俺たちがもらってるんだ」

「そうなんだね」

深く納得してくれたようで、しっかり頷《うなず》いている。

「だけど、このツツジはとっても蜜が多いから、人間にも食べられるんだよ」

「たべたい！」

「花を取ることになるから、一個だけだよ？」

「わかった！」

頷くアンジェに、俺はなるべく目立たないところの花を一つ取って渡す。

「これが、花。こっちが根本になってるから、ここに口をつけて吸ってみて？」

「うん！　ちゅうぅ……すごいよ！　あまい！」

感動してもらえたようで良かった。

「でも、とってもちょっとだけだね？　蜂さんは、これをいっぱい集めてるってことだよね？」

「そうだよ。領地には蜂蜜を作っているところもあるから、いつか一緒に行こうな」

「うん、つれていってほしい！」

えへへ、と笑うアンジェはいつだって最高に可愛い。

「わぁ、とってもいい香りだねぇ」

木立でゆるく区切られたエリア間の小道を歩いているだけで、アンジェは歓声をあげた。辺りには咲き初《そ》めのバラのとてもよい香りが漂っていて、それがアンジェは気に入ったようだ。

「次のところにはバラ園があるんだ。アンジェはこの匂いが好き？」

「うん。とっても好き」

「それはよかった。一つずつ近づいてみて、特に好きなものがあったら家の庭に植えようか」

「うん、うれしい！」

バラがたくさん植えられているエリアの中に入ると香りはもっと強くなる。

「セトスさま、ここはさっきのところよりも人が多いね？」

客は貴族がメインなので騒がしくはないが、人の気配に敏感なアンジェは気になるらしい。

「バラは人気のある花だし、ちょうど時期的にも満開だからな。気になるなら他のところへ行くか？」

「ううん、わたしは平気。それよりバラちゃんの近くにいたいもん」

よほどバラの香りが気に入ったようで、とても楽しそうだ。でも一つだけ注意しておかないと。

「アンジェ、気に入っているのに悪いんだけど、バラは手で触れないんだ」

「なんで？　バラちゃんは弱いの？」

「バラがダメになるから触れないいんじゃないんだ。バラにはトゲがあって、触るとアンジェが怪我をしちゃうから」

「あっ、それ知ってる！　『きれいなバラにはトゲがある』って言うよね？」

アンジェは自分の知識と実際の物が繋《つな》がったのが嬉《うれ》しいようで歓声をあげている。

「そうそう」

「あれ、本当なんだ」

「例えだと思ってた？」

「うん。ああいうのって、ほんとじゃない時もあるよね？」

最近は詩や物語を読むことが多いアンジェは空想と現実の境目が分からなくなることもあるらしい。

「そうだけど、バラには本当にトゲがあるよ。興味があるなら少しだけ触ってみる？」

「さわっても大丈夫なの？」

「さっきのツツジみたいにしっかりは触れないけど、少しなら怪我もしないと思う。その代わりに、そっとだよ？」

「わかった」

「じゃあ、人差し指出してみて？」

アンジェの指をそっとバラの茎に這《は》わせる。これは一つひとつのトゲが大きい品種だから、触って分かりやすいだろう。

「これはトゲが結構大きくて、三角がくっついてる感じだろう。先の方がツンってしてるのが分かる？」

「うん。ちょっとだけ、痛い」

「そうやってバラは自分を守ってるんだ」

「なるほど！　痛くなりたくないから、近づかないもんね」

「そういうこと。こっちはちょっと違うタイプだよ」

先程とは違い、細かいトゲがびっしりと生えているタイプのものに触れさせる。

「……チクチクしてる！　さっきより弱いけど、いっぱい！」

「そうそう。同じトゲでもいろんな種類があるんだ」

「面白いねぇ。さっきの大きなトゲの木、もう一回、触りたい」

アンジェの好きな『もう一回』だ。比べてみるのが楽しいようなので、指を誘導していってあげる。

しばらくそうして触っていると、トゲへの興味も一段落したようだ。

「じゃあ次は、香りを比べてみようか。トゲみたいに匂いにもいろいろあるんだよ。一番有名なのはこれかな」

大きな一輪咲きのダマスクローズのところへ連れていき、香りを嗅がせてみる。

「くんくん。うん、これも好き。でも、ちょっと違うかも？」

強い香りを放つ花に顔を寄せるようにするアンジェはとても可愛らしくて妖精のようだ。

ただ、妖精さんの期待には添えなかったようだけれど。

「そんなに細かく分かるのか？」

「うーん、どうかな？　風が吹く時の向きでちょっとずつ違うから」

「そんなに違いがわかるのか。じゃあこれは？」

一つずつ名前を言いながらアンジェに嗅がせてあげる。

「あっ、これ！　これが、一番好きなの！」

「月明かりっていう品種だな。分かった」

「どんな見た目なの？」

「うーん……白くて、バラとしてはそんなに派手じゃないし、メインになるタイプじゃないけど、清《せい》楚《そ》系でとっても綺麗だな」

野バラに近い品種で、香りが強いけれど見た目の派手さはあまりないので、庭の主役にはなれない花だ。

「そうなんだ。お庭にも植えてもらえる？」

「丈夫だし、春だけじゃなくて秋まで咲くから長く楽しめると思うよ」

「セトスさま、いろんなこと知ってるけど、お花にも詳《くわ》しいんだね？」

「いや、これは単に仕事だから知ってるだけだな」

「お仕事？」

「領地で、バラの苗を作ったり、新しい品種を開発したりしてるんだ。実はこれもミラドルト領で作ったうちの一つだな」

「そうなんだ！　すごいね！」

実際に自領のものがこうして王都に植えられているだけでも嬉しい気持ちになるが、これだけたくさんのバラが植えられている中でアンジェに選んでもらえたことがとても嬉しい。

「みんな、いいものを作るために努力してくれているからな。俺としてもアンジェに気に入ってもらえてよかった」

「うふふ。私が好きなバラちゃん、セトスさまが作ったものなんだ～！　月明かりちゃん、お家に来てね、待ってるよ！」

「というか母屋側の庭にもあるはずだな。領地から取り寄せるか植え替えるか分からないけど、なるべく早く離れの庭に植えような」

「やったー、ありがとう！」

領地で作った品種をメインに嗅がせていたけど、特に気に入ってもらえたみたいでそれがとても嬉しい。見た目が派手ではないから次の交配候補には入っていなかったはずだけど、最優先で交配に回すことにしようかな。

嬉しそうなアンジェを横目に、俺は次の仕事のことを考え始めていた。


「次はどこに行くの？」

「少し先になるんだけど、ぼたん園と水琴窟《すいきんくつ》があるんだ。入り口からは遠くなってしまうけれど、水琴窟は絶対アンジェが気に入ってくれると思うから」

「ぼたん、水琴窟、って？」

「ぼたんっていうのは花の名前だよ。さっきのバラみたいに花びらがたくさんあって、もっと大きいんだ」

いつまでもハイテンションで楽しそうなアンジェに説明しながら歩く。少しでも歩く距離が短くなるよう抜け道を選んで。

「水琴窟っていうのは、地中に瓶《かめ》が埋めてあって、それに雫《しずく》の音が反響してとっても綺麗な音が鳴るんだ」

「へぇ、きれいな音かぁ……きゃあっ!?」

俺の左腕に右腕を絡ませながらも、ほぼ一人で歩いていた彼女が急に転んだ。

「アンジェ、大丈夫か!?」

「いたいぃ……」

半泣きになってしまったアンジェを支えて座らせて、傷の程度を見る。

「ぱっくり切れてる。痛いだろう、ごめんな」

転んだのは、道に沿うように植わっている低木の枝が少し伸びていて、そこにスカートが絡《から》まってしまったからだ。そして、転んだところにあった石で膝がぱっくりと切れてしまった。

普通なら意識することもなく避けるだろうし、もし引っかかったとしても、枝の方が先に折れそうなくらいに細いものだ。だけどそんな些細《ささい》なものでも疲れてきたアンジェにとっては怪我の元になってしまった。

「……うん、痛いけど、大丈夫だよ?」

「いや無理しなくていい。俺が悪いんだから」

アンジェに楽しんでほしいと思うあまり、彼女の疲れに気づかなかったこと。歩く距離が短くなるようにと脇道を選んだけれど、結果的には足元の悪い道を歩かせてしまっていたこと。そして、それらのことに全く気付かなかったこと、全てが俺の失態だ。

「本当にごめんな。抱き上げてもいいか？」

「うん。……大丈夫だよ？」

「とにかく医者に診てもらおう。入り口のところに救護室があるから手当てしてもらえると思う」

「ありがと。だっこして？」

これだけ切れていたら痛いだろうに、手を大きく広げて抱っこをねだり、俺に気を使って明るく振舞ってくれる。

そんな彼女に怪我をさせてしまったのが本当に申し訳なかった。


「あらあら、痛そうねぇ」

アンジェを抱きかかえたままたどり着いた救護室には、物腰の柔らかい年嵩《としかさ》の女医さんがいた。

「枝に引っかかって転んだところに石があって、切れてしまったんです。血も結構出ていて」

痛みからか黙ってしまったアンジェの代わりに説明する。

「心配しなくて大丈夫よ。若いんだもの、すぐに治るわ。とにかくまずは消毒しましょう。少し痛いけど我慢してちょうだいね」

棚から取り出した茶色い瓶《びん》から消毒液をかける。

呻《うめ》くアンジェの肩を優しく抱きしめてあげて、少しでも落ち着けるようにした。

「うんうん、これでもう大丈夫よ」

先生はそう言うけれど。

「もし痕《あと》になったりしたら……」

「そうねぇ、旦那様としてはやっぱり心配よね。じゃあこれを塗るといいわよ」

そう言って小さな入れ物に入った軟膏《なんこう》をアンジェに渡してくれた。

「これ、なに？」

器だけでは中身の分からないアンジェは不思議そうに俺に聞くけれど、俺も知らない。代わりに先生が答えてくれた。

「傷口に塗る軟膏よ。化膿《かのう》しにくくなって治りやすくなるから、毎日塗りなさいね。ちなみにそれはこの園内の薬草畑で採れたヨモギからできてるのよ」

少し塗ってもらって、軟膏独特のぺたぺたしたところを触るアンジェを見ていると、もう大丈夫そうだなと思えた。

「ねぇ、セトスさま？　ヨモギちゃんのおかげで、わたしはもう平気だよ？　だから、セトスさまも大丈夫だよね？」

「……うん？　どういうこと？」

「だって、セトスさま、すっごく怖い声してたから。わたしより痛そうだった」

「ごめん、心配かけたな」

「いいの。だけど、セトスさまのことも心配だなって」

「……ありがとう」

アンジェの髪をなでなでして、いい雰囲気になっていたのに。

「あらあら、そんなに見せつけちゃって！　若いっていいわねぇ。それだけ元気ならもう大丈夫でしょ、お大事にね」

ニヤニヤしている女医さんに見送られるのはとてつもなく恥ずかしかったけど、ぎこちなくも自力で歩くアンジェは強いなと思う。

俺が彼女を守ってあげてるんじゃない。二人で並んで歩いてるんだ。


ゆっくりゆっくり歩くアンジェと一緒に救護室を出ると。

「セトスさま、なんかいいにおい。おいしそう」

さっきまでは花の香りがしていたけれど、今は焼き菓子が出来上がった時の甘い香りがしている。

「歩き回って疲れたし、帰る前に休憩するか」

「うん！　やったー！」

甘い匂いの出どころは、植物園が経営しているカフェだった。

カランコロン。

ドアベルの可愛らしい音と共に入店すると、店内はナチュラル系でまとめられててくつろげそうな雰囲気だった。

「いらっしゃいませ。こちらのテーブルへどうぞ」

日当たりの良い窓際の席に案内され、向かい合わせで座ると。

「「ふぅ……」」

二人同時にため息が漏れた。

「ごめんな、アンジェ。疲れたな」

「ううん、大丈夫。セトスさまも、疲れた？」

「身体《からだ》は全然だけど、だいぶ焦《あせ》ったよ」

「コケちゃったし痛かったけど、大丈夫だよ？」

「だけど、俺がちゃんと見てなかったから」

やっぱりアンジェを守れなかったという後悔から立ち直れない俺に、アンジェは思わぬことを言った。

「うーん……。セトスさまは、転んだこと、ない？」

「いや、あるよ？　もっと小さい頃だけど」

「そうでしょ？　わたしは、今、それができてるだけ。痛いけど、うれしいんだよ？　自分で歩けてるってことだから」

俺への気遣いとかではなく、本当に嬉しそうな彼女の笑顔に救われる。

「それならよかった」

「うん！」

機嫌を取り直してメニューを選ぶ。

「ここのおすすめはハーブティーらしい。アカシアの蜂蜜で甘くしてあるんだって」

「いいね、それがいい」

「疲労回復に効果があるんだってさ。俺もこれにするか。お菓子はクッキーかマドレーヌ、どっちがいい？」

ケーキセットもあったけれど、疲れたアンジェにはカトラリーを使うものよりも手で直接食べられるものの方がいいだろう。

「クッキーがいいかなぁ……」

「クッキーなら、ここで採れたハーブが入ったものがあるな。三種類食べ比べのセットがあるけど、それでどう？　俺も食べたいし」

「うん、それにする！　ふたりで分けようね」

店員を呼んで注文すると、すぐに品が運ばれてきた。

「こちらのクッキーセットの内容は左から、ローズマリー、スペアミント、バラとなっております。ではごゆっくりどうぞ」

丁寧《ていねい》に説明してくれたおかげで、アンジェにもきちんと伝わった。

「いただきます。これは、ローズマリーだよね？」

小動物のように少しずつカリカリ食べるのが可愛い。

「おいしいね。変わったにおいと、味がする」

「気に入ったならよかったよ」

「次は、スペアミントね！　ぅーん……」

勢いよく食べた割に渋い顔をしている。微妙なリアクションを見るにあんまり好みじゃなかったんだろうな。

一種類につき三枚ずつ入っているので、残った一枚を食べる。

「アンジェにはミントの風味が強すぎたかな」

甘さ控えめですっきりした味付けだから、俺は好みだけれどアンジェはあまり好きではなかったようだ。

「じゃあこっちはアンジェの好みかな。バラの香りだよ」

「そうかも。さっきのより好き。うーん、でも、植えてる花とはにおいがちょっと違うね？　セトスさまがダマスクって言ってたのににおいがする」

「まぁ、ダマスク系が一番香料を取りやすいからな」

「わたし、やっぱり、バラが好きかも。これも、とっても好きだから」

もぐもぐと食べて、またバラのクッキーに手を伸ばす。よほど気に入ったようだから、覚えておいて取り寄せでもしようかな。

「今日の中で、一番のお気に入りはなんだった？」

「あのね、バラのにおいが好きなんだ、ってわかったし、バラの中でも、特に月明かりちゃんのにおいが、好きだったたね」

「そうか。あのバラについての権利はうちが持ってるから、香水とかにするように話を進めておくよ」

「でも、月明かりちゃんのこと好きだし、その子がセトスさまのものでとってもうれしいんだけど、香水はいらないかも」

「なんでだ？」

意気揚々と今後のプランを練っていた俺は、アンジェの意外な発言に驚いた。

「だって、お花の中で好きなのは月明かりちゃんなんだけど、本当の本当に一番好きなのは、セトスさまのにおいだから。邪魔されたくないの」

「……ありがとう」

アンジェ的には、ただの事実を言っただけなんだろうが、攻撃力が高すぎないか？

「うーん……セトスさまは、わたしのにおい、きらい？」

俺のリアクションが悪かったからか、不安げなアンジェ。

「いや、俺もアンジェの匂いが好きだよ。ただ、アンジェに、一番好きって言ってもらえたのが嬉しすぎただけで」

照れているのを自分で言うのはもっと恥ずかしいが、表情で伝わらない分をきちんと言葉にしないと。

「いつだって、わたしの一番はセトスさまだよ？」

満面の笑みでそう言い切るアンジェがとっても可愛いし、側《そば》にいてもらえてよかった。

「そう言ってくれるアンジェのためにも、早く庭に月明かりを植えような」

「うん、ありがとう。しばふちゃんのところも作ってもらうし、わたしの好きなものでお庭がいっぱいになるの、とってもうれしい！」

「アンジェが楽しんでくれていたら俺も嬉しいよ。好きなものをいっぱい見つけて、素敵なお庭にしような」

「ありがとう。とっても、楽しみだね」

俺の大好きなふうわりとした笑顔を見せてくれて、アンジェと二人で楽しい将来の話ができることがとっても幸せなのだと思えた。

あとがき

この度は、『俺の天使は盲目でひきこもり』を手に取っていただき、本当にありがとうございます。はじめまして、作者のことりとりとんです。ウェブ版から応援してくださっている皆様には、最大限の感謝の言葉を。皆様のおかげで、こうして本の形で世に出させてもらうことができました。一冊の本としてひとつの区切りがつきましたが、二人の人生はまだまだ続きます。アンジェが一番輝く結婚式もまだですしね。いつかまたこの二人の物語をお届けできることを願っています。

最後になりましたが、素人の作者を導いてくださった担当様、とっても華麗なイラストを描いてくださったこよいみつき様、そしてこの本に関わってくださった全ての方々に感謝申し上げます。ありがとうございました。

俺《おれ》の天使《てんし》は盲目《もうもく》でひきこもり

閉《と》じ込《こ》められた人形《にんぎょう》少女《しょうじょ》のほほえみが愛《いと》おしすぎる！

初出◆「俺の天使は盲目でひきこもり」
小説投稿サイト「小説家になろう」で掲載

2023年7月5日　初版発行

［著者］ことりとりとん

［イラスト］こよいみつき

［発行者］野内雅宏

［発行所］株式会社一迅社

〒160-0022　東京都新宿区新宿3-1-13　京王新宿追分ビル5F
電話　03-5312-7432（編集）　電話　03-5312-6150（販売）
発売元：株式会社講談社（講談社・一迅社）

［印刷・製本］大日本印刷株式会社

［DTP］株式会社三協美術

［装丁］小沼早苗［Gibbon］

ISBN978-4-7580-9564-8

Printed in Japan

［おたよりの宛先］
〒160-0022　東京都新宿区新宿3-1-13　京王新宿追分ビル5F
株式会社一迅社　ノベル編集部
ことりとりとん先生・こよいみつき先生